新潮文庫

日光代参

新・古着屋総兵衛 第三巻

佐伯泰英著

目次

日光代参

新・古着屋総兵衛 第三巻

第一章　猫と犬

一

享和《きょうわ》三年（一八〇三）晩春から初夏へ季節が移ったころ、いったん冬を思わせる寒さが到来した。だが、それはほんの一日だけで江戸富沢町《とみざわちょう》に夏の盛りを思わせる強い陽射《ひざ》しが戻っていた。

古着屋の町を実質的に惣代《そうだい》として取り仕切ってきた大黒屋《だいこくや》の店頭には、どことなく長閑《のどか》な空気が漂っていた。

初めての試み、富沢町の古着屋六百余軒に柳原土手の高床商いを招いて、春の古着大市を催し、来場者は五万を超えて、三日間の売り上げが九千両から一万両に上がったと推定された。

出店した古着屋の頭わりにすれば大した額ではないが、沈滞した江戸幕府の下《もと》でこれだけの人間と金子《きんす》が動いたことは画期的であり、他の商いに刺激を与えることになった。

富沢町では春の古着大市をうけて、すでに秋の柳原土手での出店に向けて準備が始まっていた。

そんな風に夏がゆるゆると進んでいく。

大黒屋の店を預かる大番頭の光蔵《みつぞう》は、土間の隅で古木綿を引き裂いて裂織《さきおり》にする作業をしていた小僧の一人がうつらうつら居眠りをし始めたのを見て、声を張り上げようとした。

その気配を敏感にも察して動いたものがいた。

「こら、平五郎《へいごろう》、店先で仕事しながら居眠りする奴《やつ》がおりますか」

叱声《しっせい》をあげたのは小僧連の兄貴分、通称ひょろ松の異名を持つ天松だ。よだれを口の端から垂らした平五郎が、

「ふあーい」

と力のない返答をしたのを見た天松が、

「平五郎、おまえの下には春先から奉公に出たばかりの新三と梅次がいるのですぞ。手本になるべきおまえがそのようなだらしないことで示しがつくと思うてか。大番頭さんにお願いして、おまえだけ夕餉《ゆうげ》を抜きにしてもらいましょうか」

「ひょろ松さん、いえ天松さん、すいませんでした、勘弁して下さい。夕餉を抜かされたらお腹《なか》が空《す》いて眠られませんよ」

「ならばしっかりと両眼を見開いて手を動かしなされ」

先輩小僧の貫禄《かんろく》で注意した天松が古木綿を器用に裂き始めたが、ちらりと帳場格子《ごうし》に鎮座する光蔵を見た。

光蔵は鼻にずり落とした眼鏡ごしに天松を見返し、

（よしよし、それでよし）

という風に頷《うなず》いた。

裂織とは古木綿のことで裂織草とも呼ばれた。まだまだ新木綿が不足する陸奥《みちのく》などに着古した木綿を再利用したものが出回っていた。南方原産の木綿《きわた》は寒い陸奥では栽培が難しいので、北前船《きたまえぶね》で裂織、古着が日本海一円の湊《みなと》に運ばれていた。

大黒屋でも古着問屋である以上、当然、古木綿、裂織は扱った。木綿の再利用は、大黒屋にとって表看板だ。だが、裏の貌《かお》を隠すための意味もあって埃《ほこり》の立つ裂織をわざわざ店先で小僧らに切り分けさせていたのだった。

木綿を再利用する場合、大きく分けて二つの方法があった。

一、端切れを継ぎ合せて新たに着物にする場合。

二、古着を細かく裂いて、新たな裂織とする場合。

十代目総兵衛《そうべえ》が率いる大黒屋には表の貌と裏の貌があった。むろん表看板は古着商だ。この古着商は、八品商売人の一として江戸町奉行所直々の監督差配を受けた。古着屋や質商には商いの品とともに闇《やみ》の情報が混じって入ってくる場合があったからだ。

一方、裏の貌とは鳶沢成元《とびさわなるもと》、すなわち初代大黒屋総兵衛が神君家康から命じられた使命にあった。徳川幕府が危難に落ちたとき、影様の命で動く戦闘集団としての存在であった。

裏の貌を隠蔽《いんぺい》するためにも大黒屋の古着木綿の作業を店頭で行うことは大事なことなのだ。

大黒屋の奉公人、すなわち鳶沢一族は徳川幕府守護の最後の砦《とりで》であり、最強の秘密戦闘集団でもあった。当然、大黒屋の商いも秘命の遂行も鳶沢一族の、「血の絆《きずな》」の下で行われてきた。

だが、徳川幕府開闢《かいびゃく》から二百年の歳月が過ぎ、鳶沢一族だけで任務を遂行することが困難になっていた。とくに九代目総兵衛勝典《かつのり》が跡継ぎも残さず、胸の病で死亡したとき、鳶沢一族、すなわち大黒屋存続の最大の危機に見舞われた。

だが、この危機から、六代目総兵衛勝頼《かつより》が遠く交趾《こうち》（現在のベトナム）の地に残した血が一族を救うことになった。

初代から数えて十代目の鳶沢総兵衛勝臣《かつおみ》に至って鳶沢一族の純血は大きく崩れ、異人のグェン家の血が混じることになった。

徳川守護の戦闘集団は、鳶沢一族を核に、琉球《りゅうきゅう》の池城《いけぐすく》一族、そして、十代目の出自である交趾のグェン家、すなわちその昔を辿《たど》れば交趾に渡って根付いた今坂《いまさか》一族が加わり、双鳶《ふたつとび》の家紋の下に鳶沢一族、池城一族、今坂一族の三族の混成戦闘組織に変わっていた。

その頭領が十代目総兵衛こと鳶沢勝臣なのだ。

光蔵は、試走航海を繰り返す西洋ガレオン型の三檣《しょう》巨大帆船イマサカ号と、六代目総兵衛以来、工夫改良を重ねてきた外洋型の和洋折衷帆船大黒丸《だいこくまる》の姿を脳裏にちらりと浮かべた。

交趾ツロンのグェン家の当主キ公子は、戦乱内紛がつづく生地を逃れ、百五十数人の一族の男女をイマサカ号に乗せて、六代目総兵衛が交趾に残した、「血」の末裔《まつえい》を頼ったのだった。

そのイマサカ一族と大黒屋の外洋型帆船二艘《そう》が、伊豆七島沖の外海で互いの航海操船術と砲術の訓練を行いながら、三族融和を図っていた。

イマサカ号と大黒丸の合同試走には十代目総兵衛は乗船せず、富沢町から一番番頭の信一郎、三番番頭の雄三郎らが乗り込み、日夜激しい訓練を続けていた。

（そろそろ深浦《ふかうら》の船隠しに戻ってよい頃じゃがな）

光蔵が思案をしたとき、陽射しの中から、
にゅっ
と影が大黒屋の店先に入ってきて、小僧らの作業や品物を仕入れにきていた客を睨《にら》み回した。

牢《ろう》屋敷の同心から異例にも南町奉行所無役同心に抜擢《ばってき》された沢村伝兵衛が最初に鑑札を与えた竈河岸《へっついがし》の親分こと赤鼻の角蔵が子分五助ら三人を従えて、片手にした十手をこれみよがしにくるくると回しながら、立っていた。

「これはこれは、竈河岸の親分さん、お見回りご苦労に存じます」

光蔵が帳場格子からにこやかに愛想顔で応じた。

「ふうっ」

と大きな息を吐いた角蔵が、

「なんだい、店先で古着なんぞを裂きやがって埃が舞ってしようがねえじゃねえか」

と十手を持った手で埃を払うようにしてみせた。

「親分さん、うちは古着屋にございましてな、古着を扱う以上、布埃とは切っても切れぬ縁でございます。春先に富沢町に埃が立つのは江戸の風物詩、商い繁盛でいい景色ではございませんか」

ちえっ
舌打ちした角蔵が、

「ああいえばこう言いぬける。光蔵おめえも、大したタマだな」

と濁った声を上げた。

「いえいえ、私はただ甲羅を経ただけの古狸《ふるだぬき》にございましてな、長く生きただけが取り柄にございますよ」

「おめえのいうことなぞ信じた日にはこっちの金玉まで抜かれるぜ」

「おやおや、親分さん、日中からいうに事欠いて、うちにも女衆《おなごし》が働いておりますでな、店先でそのような下品な言葉はなしにして頂きたいもので」

「なにっ、おれが下品だと、口が悪いだと、面白いことをいうじゃねえか。こちとら毎日毎晩悪たれ相手の商売だ、口先が悪くなるのは致し方ねえんだよ」

と言い放った角蔵が羽織の裾《すそ》を払って板張りの上がり框《がまち》にでーんと腰を下ろ

し、帳場格子から動こうとしない大番頭を十手の先で呼んだ。

「おや、ただのお見回りと思うておりましたが、御用にございましたか」

「光蔵、いやさ、番頭、こっちはうちの敷居を一歩表に出たときからがすべて御用だ。どこにどう悪党が潜んでいるか知れねえからな。つまり御用があるから大黒屋に立ち寄ったのよ」

「おやおや、そうでございましたか。気が付かぬことにございましたな」

ぬけぬけと応じた光蔵がようやく帳場格子を立つと、角蔵が腰を下ろした上がり框にやってきながら、

「手代さん、女衆、親分さんにおざぶとお茶をお願いします」

と命じた。

「気が付かぬことにございました」

慌《あわ》てて座布団《ざぶとん》を手にした風を装《よそお》った手代の九輔《きゅうすけ》が、

「親分さん」

と平然として勧めた。

だが、じろりと若い手代を睨んだ角蔵が、

「てめえら、端《はな》っからこっちのことを無視しくさって光蔵と腹を合わせて小ばかにしくさる。埃臭い座布団なんぞはいらねえ」

と十手の先でどかした。

「親分さん、それは相すみませんでした」

九輔が素直に座布団を両手に自分の持ち場に戻っていった。怯《おび》えた風もない手代の態度に舌打ちした角蔵が、

「一番番頭はどうしたえ」

と信一郎のことを尋ねた。

「一番番頭に御用でございましたか」

「だれが信一郎に用といったえ。どうせ相州三浦三崎あたりの船隠しに行って、抜け荷なんぞを差配しているんじゃねえか」

「親分さん、ご冗談がお上手ですね、うちは奉行所から鑑札を受けた古着商い、抜け荷など滅相もないことですよ」

「そうかい、で、どこへ行ったえ」

「親分、うちは三百余州から古着を買い集め、売りさばく仕事にございますよ。

一番番頭さんは私と違って働き盛り、いまごろは青梅《おうめ》辺りで商いに精を出しておりましょう。信一郎に御用でございましたら、数日後にお出《い》で願えますか」

「おめえの言葉なぞなに一つ信用がならねえ」

赤鼻の角蔵が応じたところに奥向きを仕切るおりんが茶菓を盆に載せて、

「親分さん、遅くなりました」

と運んできた。すると角蔵の相好が崩れて、

「なんだ、おりん、いたのか」

と日に焼けた顔に笑みが広がった。

「親分さんは、たしか葭町《よしちょう》の菓子舗みずほの豆大福が好物にございましたね」

「おう、ようこっちの好みを承知だな」

満面の笑みの顔で角蔵が盆の菓子を見て、手を伸ばした。

「みずほの女衆おまちさんとは昵懇《じっこん》のお付き合いをさせてもらっておりましてねえ、親分さんがだいぶご執心とか巷《ちまた》の噂《うわさ》に聞きましたよ」

「だれがそんなヨタを飛ばしたえ、だれがおまちなんぞにちょっかいを出すものか。おりゃ、御用で面《つら》を出すだけだ」

慌てふためいた角蔵が豆大福に伸ばしかけた手を止めた。

「おや、そうでしたか、何度も船宿に誘い出されたとか聞きましたけど」

「おりん、噂だ、あてになるか。おれは御用専一に女だろうと婆《ばあ》さんだろうと声をかけているだけだ」

「そうでしたか」

とあっさりと引き下がったおりんが、

「親分、ごゆっくりと」

と立ち上がろうとした。

「おりん、旦那《だんな》はいるかえ、総兵衛旦那だよ」

「総兵衛になんぞ御用でございますか」

光蔵が尋ねると、じろりと赤鼻の角蔵が睨み、

「おりんに尋ねたんだぜ」

「それは失礼をば致しました」

「旦那様は奥で帳面を見ている最中にございますよ」

「ちょいとな、顔を見ていこうか」

「さてそれは」

「なにっ、御用聞き風情《ふぜい》の用は聞いてもらえねえか」

「そういうわけではございませんが、ただ今奥で尋ねて参ります」

おりんがその場を去りかけた。

「おりん、富沢町惣代《そうだい》に足を運ばせては恐縮至極だ、おれの方から行こう。奥に通らせてもらうぜ」

草履を脱ごうとした。

「竈河岸の親分さん、御用とは申せ、いささか失礼ではございませんか。お断り致しましょう」

光蔵がはっきりと言い放った。

「なんだと、番頭。おれは八品商売人を監督差配する南町奉行所の鑑札を受けた御用聞きの角蔵だぜ。そのおれが奥を覗《のぞ》くといっているんだ、なぜ断る」

「角蔵親分さん、世間には仕来《しきた》り、礼儀というものがございましてな、親しい交わりの間柄で招き招かれして奥に通るならばいざ知らず、主《あるじ》に断りもなく奥に入り込むなんぞは、仕来りにも礼儀にも欠けておりますな」

「抜かしたな、番頭。おりゃ、御用があるから総兵衛に会いてえといってるんだ。いいか、南町の都合で命じているんだよ」

角蔵が居直ったとき、大黒屋の店頭に二人の人影が立った。

「ご免くだされ」

訪問者が店前で丁寧に訪《おとな》いを告げた。

「取り込んでいるんだ、またにしな」

と角蔵が後ろを見ずにぞんざいに言い放った。

「お、親分」

と外に立っていた子分の一人が怯えた声を上げた。

「なんだ、五助」

「お武家様だよ」

「なんだ、侍だと」

後ろを振り返った角蔵の目に紋付き黒羽織を着た武士二人が大黒屋の敷居を跨《また》いで入ってきた。

「お武家さん、あとにしてくんな」

「そのほうは何奴《なにやつ》か」

若い武士が角蔵を険しい目で睨んだ。

「へっ、へい、南町奉行所同心沢村様の下で働く御用聞きにございます」

「うせろ」

角蔵の返答にこの一言が戻ってきた。

「えっ、なんと申されました。わっしは沢村様の命でただ今この家の主に会わんとしていたところなんで、御用なんでございますよ」

「不浄役人の手先、耳が聞こえぬか」

「はっ、なんと仰《おっしゃ》いましたな」

「三度はいわぬ、下郎、うせろ」

「あなた様方は」

「大目付首席本庄《ほんじょう》様支配下筆頭与力の高松文左衛門様に岩城《いわき》省吾《しょうご》である」

ひえっ
と角蔵がしゃっくりのような悲鳴を上げ、赤黒い顔が、
さあっ、

と白く変わった。

大名諸家を監督糾弾《きゅうだん》する大目付の首席本庄義親《よしちか》は、道中奉行と宗門御改《あらため》を兼帯していた。ために本庄の配下に六騎の与力と三十人の同心がいた。高松は筆頭与力であり、岩城は若手の与力だ。

慌てて立ち上がろうとする角蔵に、

「手先、そのほうの名を申せ」

と岩城が念を押した。

「へ、竈河岸の角蔵にご、ございます」

「角蔵、沢村なる不浄役人ともども大目付の御用部屋に呼び出そうか。その折はただでは済まぬと思え」

「めっ、滅相もございません、わっしはこれで失礼をばいたします」

赤鼻の角蔵が這《ほ》う這《ほ》うの体《てい》で大黒屋の店先から逃げ出すように去っていった。

「高松様、岩城様、助かりましてございます」

光蔵が礼を述べると高松が、

「大黒屋の大番頭どのが御用聞きなど屁《へ》とも思うておるまい」

「いえいえ、とんでもないことにございます」

と応じる光蔵の脇《わき》からおりんが、

「高松様、岩城様、ささっ、奥へお通り下されまし」

と二人を店の広土間の端にある三和土《たたき》廊下から内玄関へと案内していった。

その様子を入堀の対岸まで逃げて見ていた赤鼻の角蔵が手拭《てぬぐ》いで顔から滴《したた》る冷汗を拭い、

「くそっ、不味《まず》いときに不味い野郎どもが来やがったぜ。なんだ、大目付首席の筆頭与力だと、なんの御用だ」

「親分、大黒屋は城中のだれかれと付き合いがあるというぜ。相手を見て怒鳴りゃいいものを、親分たら振り返りもしないでいきなり怒鳴るんだもの、相手を怒らせてよ、おれも冷汗掻《か》いたぜ」

「うるせえ、五助」

怒鳴った角蔵の視線が五助を振り返ったとき、久松町の路地に沢村伝兵衛の姿を認めた。

「旦那、まずった。おれが総兵衛の顔を確かめようとしたとき、大目付の与力が二人も姿を見せやがった。太刀打ちできねえや」

「与力、名乗ったか」

「なんでも大目付首席本庄様の支配下与力の高松と岩城と名乗ってよ、沢村の旦那ともどもおれを大目付の御用部屋に呼び出すと脅《おどか》しやがった」

「ふーん、おもしろいや」

沢村伝兵衛がそうほざいて言葉を続けた。

「昔から大黒屋と大目付本庄家は同じ穴のむじなというぜ。本庄の手下が大黒屋に面を出したには理由がなければなるまい。よし、角蔵の冷汗も無駄ではなかったということよ」

「沢村の旦那、冷汗が役に立ったたって」

「役に立ったかどうか、これからの展開次第よ」

「大目付の与力を尾行《つ》けますか」

「いや、しばらく大黒屋を昼夜なしに見張っていろ。なんぞ動きが見えてくるかもしれねえ」

「この時節、暑いや。旦那、見張所を設けていいですかね」

「おめえの才覚で考えろ」

と言い残した沢村伝兵衛が姿を消した。

「おれの才覚ねえ、また物入りだ。どこから出させるか、五助、大黒屋の連中に分からないような装《よそお》いの船を一艘《そう》都合しろい、そこが見張所だ」

五助が手を出して、

「とはいっても直《す》ぐには都合できませんぜ」

「ぐずぐずいわずに汗を掻くんだよ」

と罵《ののし》り声を上げた角蔵が懐《ふところ》から財布を抜き出した。

二

風が吹き通るように開け放たれた座敷に、大黒屋の若き総帥《そうすい》の総兵衛と、大目付首席本庄義親の腹心高松文左衛門と岩城省吾が対座していた。大黒屋側の同席者は大番頭の光蔵のみだ。

おりんが茶菓を訪問者に供して静かに座敷を去った。

初めての対面であった。

高松は十代目総兵衛が若いことに驚かされ、同時に浅黒く精悍《せいかん》な顔立ちが端整にしてどことなく高貴な香りを漂わせていることに直ぐに気付かされた。

巷《ちまた》の噂《うわさ》で、

「大黒屋の十代目は異人の血が混じっているよ」

とか、

「まさか富沢町の惣代が異人を十代目に就けることもあるまいじゃないか」

と対立する意見があることを思い出していた。

ともあれ春の古着大市で総兵衛を見かけた女衆《おなごし》が、

「わたしゃ、異人だろうがなんだろうが総兵衛様とひと苦労してみたいよ」

「おかつさん、おまえさんは亭主持ちの上に二人も子供がいるじゃないか」

「人妻が浮気しちゃいけないのかい。男たち、見てごらんよ。昼日なか堂々と吉原やら四宿のすべた女郎のところにしげしげと通っているのは独り者より女房持ちが多いよ」

「それとこれとは別だよ」

「別とはいわせないよ。あれだけのいい男を他人にとられたくないんだよ」

「気持ちは分からないじゃないが裏長屋の職人の女房と大黒屋の若主人がねんごろになるものかね」

「ならないに決まっているだろ。わたしゃ、夢を語っているんだよ」

などとあちらでもこちらでもかしましく話題にしていた。

高松は、町方の女どもが噂するのも無理はないと思いつつ、

「総兵衛どの、主本庄義親の遣いにて大黒屋に初めて参上致した、これを機会に良しなにお付き合いを願いとうござる」

と敬称までつけて会釈《えしゃく》をしていた。すると傍らの岩城省吾が上役の言葉に合わせて頭を下げたものだ。

総兵衛の出自が高松らに自然とそうさせていた。

交趾政庁の名族として一族郎党を率いてきたグェン家の公子は、その先祖を辿《たど》れば江戸幕府開闢《かいびゃく》以前、西国大名に仕えていた今坂一族が海外に進出し、交趾に根付いたことに発していた。さらに徳川幕府誕生後、鎖国令もあって異郷の地に残り、交趾の名族と血を混じり合わせつつ、二百年以上の長きにわた

り、確乎《かっこ》とした地位と商いを築いてきたのだ。

若い五体から一族を率いてきた武人と商人の貫禄《かんろく》が滲《にじ》み出ていた。そのことが高松らに敬意を感じさせた理由だろう。

また高松にしろ岩城にしろ、初めての大黒屋の奥座敷での対面だ。

拝領地六百二十五坪を四方に囲んだ総二階の店と蔵に囲まれた中庭に広がる造園と離れは、どことなく武家屋敷のそれを思い起こさせていた。それも、江戸以前の戦国時代の武家屋敷をだ。

高松は、庭石や樹木が形成する景色が外部からの侵入者を想定しての造園ではないかと悟っていた。

むろん古着問屋の大黒屋が一介の商人ではないことを本庄家の付き合いの様を見て推測していた。

（やはり大黒屋と一統はただの古着問屋ではなかった）

と改めて考えさせられた。

「高松様、岩城様、代々大黒屋は本庄様とは親戚《しんせき》同様の付き合いをさせていただいております。どうか富沢町に参られた折は、気楽にお付き合いのほどを、総兵衛のほうも大目付首席の家来とはいえ、武家に対しての礼儀をもって応じていた。

「総兵衛どの、本庄の殿は未《いま》だ城中におられる。われらは主《あるじ》の命で言付けを持って参じた」

「ご大儀に存じます。お申し付け下されば、こちらから参りましたものを。して、その言付けとは」

「蝦夷地《えぞち》におろしゃの船が出没したり、わが国土の四周に異国の船がしばしば見かけられたり、わが国体を揺るがす不穏な空気が漂っておることは説明の要はあるまい。このような空気を鎮《しず》めるため、上様は日光社参を密《ひそ》かに考えておられるそうだが、日光社参となれば三百諸侯、旗本八万騎を動かす大行事、すぐには実行できぬ。そこで急遽《きゅうきょ》、上様の名代《みょうだい》として御側衆《おそばしゅう》本郷丹後守康秀《たんごのかみやすひで》様が日光に遣わされることが決まったそうな、殿はこのことを大黒屋に知らせよとわれらに命じられた」

総兵衛、お願い奉《たてまつ》ります」

総兵衛は高松の言葉を一語一語噛《か》みしめるように聞いて、しばし沈思したあ

と、

「本郷様の江戸出立はいつにございましょうか」

「残念ながら殿も知らぬそうな、いや、このこと自体が本日急に触れが出たとか。じゃが、用向きから考えてのんびりとした話ではあるまい。早ければ数日後、遅くとも十日後には江戸を出立なされるのではないかと殿は推測しておられる」

と高松が答えた。

「承りました。本庄の殿様に良しなにお伝え下さいまし」

と総兵衛が願い、傍らから、

「高松様、岩城様、ご使者の趣、大黒屋真剣に受け止めまする」

と大番頭が言葉を添えた。

高松も岩城も口にはしなかったが、主従の短い返答は、大黒屋が一介の古着問屋の域を超えた存在であることを示していると改めて思った。

「われらはこれにて失礼いたす」

「高松様、岩城様、これを機会にいつなりと富沢町にお越し下さいましな」

大番頭の光蔵が奥座敷から内玄関へと見送りに出て、繰り返した。

大目付支配下の与力二人が大黒屋の奥座敷にいた時間はわずかなものだった。だが、告げられた内容に言葉以上のものが込められてないか、奥座敷に独りになった総兵衛は沈思した。

そこへ二人を見送った光蔵が戻ってきた。

「大番頭さん、日光社参にどのような意味があるのです」

と総兵衛が訊《き》いた。

「はい、将軍家の日光社参は幕府の威勢と威光を天下に知らしめるための行事にございます。ために神君家康様の命日の四月十七日に日光東照宮に当代の征《せい》夷《い》大将軍たる公《く》方《ぼう》様がお参りをなされます。二代秀忠様が神君一周忌に参詣《さんけい》されたのを初めとし、以後、三代家光様、四代家綱様と続けられたものの、寛文《かんぶん》三年（一六六三）、家綱様が日光に赴かれたあとは、しばらく行われなくなりました。この時期までの日光社参は家康様の法会の意味合いが強うございましたが、それから六十五年後の八代吉宗様が享保《きょうほう》十三年（一七二八）に行った日光社参によって、将軍家の日光詣《もう》ではがらりと意味を変えます」

「ほう、どのように意味が変わったのかな」

「吉宗様は自ら行った幕府の財政再建の成果を天下に知らしめるために日光社参を挙行し、従者十万人が江戸から日光へと向かう一大絵巻を繰り広げました。この大移動のためには莫大《ばくだい》な費用と労力が伴います。吉宗様の胸の中には自らの政《まつりごと》の成果を誇示するためと同時に幕府安泰のために家康様信仰を増幅させる狙《ねら》いがあったと思えます。この折の吉宗様の日光社参の日程や祭儀が規範になって、四十八年後の家治《いえはる》様の日光社参が行われました。この後、日光社参は二十七年後の今日まで行われておりません。つまりはそれだけ徳川幕府の屋台骨が揺らいできたことを意味します。ただ今、日本を取り巻く外洋に異国の船が姿を見せて、世間を不安にさせております。こたびの家斉様が御側衆の本郷康秀様に命じられた名代は、家康様の命日に行われるわけではございません。ゆえに家斉様が数年後に自ら日光社参を行おうと考えての仕度ともとれますし、わざわざ本庄の殿様がうちに知らせてこられたには他の意味が隠されているともいえますまいか」

鳶沢一族の三長老の一人である光蔵がたちどころに、将軍家が十五度に渡って行った、死せる徳川初代の神君家康を崇《あが》め、頼った行事の意味を説明した。

「影様である本郷康秀様を日光に遣わすには遣わす意味があると本庄様は考えられた」

「と思えます」

二人はしばし沈思した。

最初に口を開いたのは光蔵だ。

「ここのところ本郷様が大人しくしておられるのが気がかりにございました。柳沢邸に仕掛けられた闇祈禱《やみきとう》、さらには用人の鶴間元兵衛《つるまもとべえ》の暗躍も次々にうちの反撃にあって潰《つぶ》されております。そのわりには本郷様からさしたる反撃のきざしがない、大人しゅうございます」

「大番頭さん、深浦の船隠しに本郷様の手の者か、御庭番衆か、相変わらず探りが入っていると知らせてきてはいないか」

「深浦の船隠しをなんとしても見付けたいのは本郷様ではございますまいか。老中牧野忠精《ただきよ》様の下屋敷にお庭番が姿を消したというので牧野様の身辺を探ってきましたが、本郷様とのつながりが今一つ判然といたしません」

総兵衛が初めて影に呼び出されたあと、東叡山寛永寺《とうえいざんかんえいじ》の境内で御庭番衆に襲われた。それを鳶沢一族の者が撃退した上で尾行したところ、牧野老中の下屋敷に姿を消したことが判明した。

光蔵はその後も牧野の身辺を探ってきたが、なにも出てこない。

「総兵衛様、幕閣の力関係は先任上位が仕来《しきた》りにございます。牧野様の老中補職はわずか二年前のこと、ただ今の老中の中でも土井利厚《としあつ》様に次いで年季が浅い老中にございます。影様と手を携えて、御庭番を動かすほどの力を蓄えておられるとも思えません」

「となると影様である本郷様の背後には、もっと大きな力を持った人物がおられるということか」

「今しばらく時をお貸し下され」

と応じた光蔵は、

「本庄の殿様からのお知らせを生かすためにも、なんとしても本郷康秀様の日光代参になんらか別の意味があるのかないのか探り出さねばなりませぬ」

光蔵は本郷邸に臨時雇いの奉公人として入れた担《かつ》ぎ商いの千造といねに急ぎ

つなぎをつけて、主本郷康秀の日光への出立がいつか、なにかほかに隠された意味があるのかを調べるように命じようと思った。

「総兵衛様、本郷邸に入れた千造、いねの夫婦へ急ぎ、天松を差し向けます。宜《よろ》しゅうございますか」

なにか考え事をしている総兵衛が頷《うなず》いて許した。

光蔵は天松を呼ぶと本郷邸の千造、いねの夫婦に密かに会えと命じた。

「畏《かしこ》まりました」

と即座に応じた天松が、

「なにか格別に千造さん方に命じられることがございましょうか」

「家斉様の名代として本郷様が日光に詣でられるそうな。出立はいつか、従者は何人か、日光に格別に秘められた御用があるのかないのか、出来るだけ詳しく知りたい」

「承知しました」

と応じた天松が、

「大番頭さん、湯島天神のちゅう吉に会《お》うてきたいと思いますが、お許し願えますか」

と断った。

しばし考えた光蔵が、

「まずは先に千造かいねに会うのです。ちゅう吉はそのあとです、よいな」

光蔵の注意を聞いた天松が無言で思案する総兵衛に黙礼すると座敷から消えた。

「大番頭さん、そろそろイマサカ号と大黒丸が試走航海から深浦に戻ってくるころだな。季節風が吹く十月から遅くとも十一月初めには二艘《そう》の船を買い付けに向かわせたい。となるとそう日にちに余裕もない。こちらから二艘の船に積んでいく荷のことだが、算段がついたか」

と総兵衛が問うた。

イマサカ号と大黒丸の大改修はすでに深浦の船隠し、静かな海の造船場で終わっていた。そこで一番番頭の信一郎らが乗り組み、試走航海を伊豆諸島沖の外洋で行っていた。

二艘の船に合計百二十数人が乗り組んでいた。だが、異国交易に携わり、海賊船の襲撃の危険などを考えると最低でもあと三十人から四十人は足りなかった。

(手薄をどうしたものか)

と考えながらも、こちらから積み込んでいく荷のことに頭がいった。

大型帆船で片交易では儲《もう》けが少ないし、効率も悪い。日本特産のものをかの地に運んで利を上げ、その売上げ金で帰路の荷を贖《あがな》う往復交易が鉄則だ。

「京と金沢からはすでに荷が集まったと知らせが入っております。そこで交易を前に大黒丸に総兵衛様が交趾から積んでこられた荷の一部を積んで、加賀金沢と若狭小浜《わかさおばま》に向かわせ、品々を売り立てると同時にあちらからの荷を預ってこようと思いますがいかがにございますな」

「大黒丸一艘でよいか」

「イマサカ号はなにしろ巨船でございます。できるかぎり人目につかぬ外洋航海に使いとうございます。ですが、もし金沢と京の荷に積み残しが出るようなれば、南方交易に出立する二艘を北回りで津軽海峡を抜けて金沢、小浜に立ち寄らせ、荷を拾っていくことも考えられます」

「江戸でどれほど品が集められるかのう」

「三井越後屋《えちごや》さん方にお願いしてございますで、二艘の船倉は江戸の品だけで三割かたは埋まりましょうな」

大黒屋と三井越後屋の力をしても異国の分限者《ぶげんしゃ》が喜ぶ品となると、二艘の巨船の船腹三割が限度だった。

「残りを金沢と京で埋めるか」

「さらに船倉に空きがあるようなれば平戸に立ち寄らせ、最後には琉球で荷を積み込ませます。すでにその手筈《てはず》を整えてございます」

と答えた光蔵が、

「加賀藩から大砲があるなれば求めたいとの内々の達しがございます」

と総兵衛に意見を訊いた。

「交易船にとって大砲は欠かせぬ武器だが、交趾あたりに参ればイギリス、フランス商船からいくらでも買える。値によっては加賀で十五門から二十門は売れぬことはなかろう。ともあれイマサカ号の砲備六十六門だけでも自在に扱うに足りる人員が不足しているのだ。加賀で二十門を売り立てていくのは、大黒屋のつなぎ資金として残せる、よい考えかもしれぬな」

「ならばその旨《むね》、即刻江戸の加賀屋敷に知らせます」

と答えた光蔵が、

「あとはイマサカ号と大黒丸に乗り込む人員にございますな。鳶沢一族、今坂一族、池城一族で二百人を乗り込ませるとなると、大黒屋江戸店も琉球店も鳶沢村、深浦の船隠しも働き手の男衆《おとこし》が手薄になります。とはいえ、私どもは、だれでも雇い入れればよいというものではございませんでな、頭が痛い」

「大番頭さん、最後に琉球で仲蔵《なかぞう》さんらが乗り込んで百五十人とせよ。江戸、琉球、深浦、鳶沢はなんとかなるか」

「さよう、新たに琉球で池城一族が十二人から十五人ほどを乗り込ませてくれるなれば、深浦を立つときは二艘に百三十五人ほどになりますか。ただ今試走航海している人数とほぼ同じでございますな。されど海賊などに出会《お》うたとき、百五十人態勢で太刀打ちできましょうか」

「われら交趾を出たとき女子供を含めて百五十人でなんとかこの地までやってこられたのだ。運が味方したともいえるがなんとかできぬことはあるまい」

「総兵衛様方の航海は緊急のものにございました。これが定期的な交易の航海となると船倉の預かり荷を考えても最低二百人態勢は確保してやりとうございますな」

光蔵が悩ましそうに首を捻《ひね》った。

「大番頭さん、一つ考えがある」

「どのようなお考えにございますな」

「こたびの航海、琉球を出ると一気に交趾まで南下させる。交趾の政情にもよろうが、われらグェン家の奉公人がかの地には大勢残っている。その中から忠義心があって戦闘と航海に長《た》けた若者を募る、それなれば元わが配下から五十や百の優秀な人材を集めることが出来よう」

「それはよきお考えかと存じます」

「われらがツロンを逃れたとき、イマサカ号に乗りたくても乗ることができなかった面々がいるでな、必ずやそれくらいの数は集まる」

総兵衛の言葉にうんうんと頷いていた光蔵がなにか思いあたったように、

「待てよ」

と思案した。

「グェン家の総帥《そうすい》は総兵衛様にございましたが、その総兵衛様はこの江戸に残られる。となると一族の方々が信用なされましょうか」

「そのことは考えた。だが、イマサカ号に多くの同胞が乗り組んでおり、わが親書も託す。また林梅香《はやしばいこう》老師など一族の主立った面々も乗っているのだ。話は信じてもらえよう」

「そうでございますな」

「大番頭どの、心配か」

「総師自らがこちらの事情を話すのとそうでないのでは、だいぶ相手様の反応が違いましょうな」

「それも考えた。わが弟の勝幸《かつゆき》をイマサカ号に乗り込ませようと思うがどうだ」

「おお、それはなんともよき思案にございますぞ。勝幸様も故郷恋しいと思うておられましょうし、総兵衛様の弟君として交易を経験することは悪いことではございません」

「交易の長はわが後見の親父様《おやじ》、琉球の仲蔵さんが乗り込む。私がいなくとも万全であろう」

総兵衛は言いきった。

光蔵は、総兵衛とて自らの巨大三檣《しょう》帆船イマサカ号に乗り組み、交易に従事したいと思っていることを察していた。だが、総兵衛は思いがけなくも大黒屋の十代目に就くことになったとき、鳶沢と今坂、そして池城、三族の融和には、総兵衛の気配りが重要だと悟っていた。

己の欲望を殺してこれからの、

「鳶沢一族の百年」

を考えたとき、江戸に残り、日本を知ることが大事という結論に達していた。この数年はそのことに専念しようと総兵衛が心に誓ったことを光蔵もまた有り難く思っていた。

鳶沢一族にとっても十代目総兵衛にとっても、三族融和こそが最優先の事項だったのだ。

三

イマサカ号と大黒丸の合同試走航海が終わり、船隠しの静かな海に戻ってきたという知らせが深浦から富沢町の大黒屋に届いたのは、総兵衛と光蔵があれこれ話し合った日の夕暮れ前のことだ。

「よし、出向こう」

と総兵衛が即座に決断して光蔵が、

「お供はだれを」

「天松ひとりでよい」

と応じた総兵衛がふと間違いに気付き、

「そうだったな、天松は本郷屋敷の二人につなぎをつけにいってまだ戻っていなかったな」

と呟《つぶや》いた。

「天松の戻りが遅いということは、千造といねへのつなぎがなかなかできないか、あるいはなにかが本郷屋敷で起こっておるかの二つに一つでございましょうな」

「大番頭さん、本庄様が城中で本郷様の日光代参を知らされたのは本日のこと、そう事が急に動くとも思えぬ。ひょっとしたら湯島のちゅう吉のところで時間がかかっているのではないか」

「大いにそうかもしれません。手代の九輔ではいかがにございますな」

「結構だ」

と応じた総兵衛は、早速おりんの手伝いで紬《つむぎ》の小袖《こそで》に絽《ろ》の羽織を重ねて、扇子を手に光蔵の見送りを受け、大黒屋の内玄関から店の三和土《たたき》に出た。

夕暮れ前のことだ。

店に明日の仕入れに訪れていた担《かつ》ぎ商いの古着屋らが何人かいて秋物の古着を選んでいた。参次郎ら二番番頭以下の奉公人に、

「ちょいと出て参ります」

と声をかけた総兵衛は、

「毎度お引き立てありがとうございます」

と腰を折って担ぎ商いの古着屋らに挨拶《あいさつ》をした。

「おや、旦那《だんな》はこれからお出かけかえ。なりがいいところを見ると吉原辺《なか》りの見回りかい」

「源三さん、大いにそうかもしれませんね。時候はよし、吉原の遊女衆がどのような装《よそお》いか、勉強するのも古着屋の主《あるじ》の務めにございますからね」

あっさり担ぎ商いの古着屋の源三の言葉をいなした。

「あれ、旦那、いつ、わっしの名を覚えられたんですね」

「お客様は神様仏様、一度お会いしたお得意様のお名前を覚えるのは礼儀にございますよ。源三さんのお隣は柳原土手から仕入れに参られた高床《たかゆか》の浩助さん、いちばん向こうのお方は、安房《あわ》近辺が商いの縄張りの権六爺様《ごんろくじいさま》でございましたね」

「おっ魂消《たまげ》たぜ、権六爺さんよ。わっしら、しがねえ担ぎ商いの名まで大黒屋の旦那がご存じだよ」

「源三さん、こんど吉原に連れていって下さいな。私は駿府《すんぷ》から出てきたばかりの在所者、どこに北国《ほっこく》の傾城《けいせい》がいるのか知らない田舎者でございますよ」

と言い残した総兵衛が敷居を跨《また》いで河岸《かし》道を横切り、大黒屋の船着場に下り

た。すると大黒屋の荷船がちょうど戻ってくる刻限で奉公人らが、

「総兵衛様、いってらっしゃいまし」

と次々に挨拶した。

頷《うなず》き返した総兵衛を手代の九輔がすでに猪牙舟《ちょきぶね》を仕度して待っていた。

「お願い申しますよ」

手代に願った総兵衛が胴ノ間に背筋を伸ばして座り、九輔がぐいっと棹《さお》で船着場の横木を押して入堀の流れに乗せた。

そんな様子を対岸から竈河岸の角蔵と子分が見ていた。

「五助の奴《やつ》、手配が遅いぜ。総兵衛が出かけるというのに足がねえや」

「あれ、親分、足がねえのか。太鼓腹の下にある短いのは足じゃねえのか」

子分ののろまの参助が思わず呟き、角蔵から思い切り頰桁《ほおげた》を殴られた。

「あ、いたた。親分、ひでえじゃねえか」

と騒ぐ河岸道の下の入堀を、すいっと九輔の漕《こ》ぐ猪牙舟が大川を目指して進んでいった。

「旦那様、竈河岸め、どうやらうちを船で見張る気らしくて、子分の五助に船

を探させているんですよ。ところが五助の持たされた船の借り賃が少のうございましてね、どこでも断られて手間取り、十手を翳《かざ》して談判に及ぶものですから、筒抜けにうちに話が伝わってきております」

と笑った。

「おやおや、昼間に本庄様のご家来衆が見えたことを気にしてのことだろうか、親分さんの考えは」

「いえ、赤鼻が自分の考えで動くものですか。牢屋《ろうや》同心から町奉行所同心に鞍《くら》替《が》えした沢伝あたりの命《めい》と私は見ました」

「いかにもそうかもしれぬ」

「赤鼻の角蔵は、一番番頭さん方がこのところ富沢町にいないことを気にしていたのです。それが御用の矛先を変えたのは間違いなく沢伝の命令です」

「それはそれは」

と笑った総兵衛が、

「赤鼻の角蔵親分の異名は、説明されなくとも分かる名。ところでそなたの名に冠された猫とはどんな謂《いわ》れがあるのかな」

と話柄《わへい》を変えた。

「そのことですか、総兵衛様が関心をお持ちになったとは困りましたね」

九輔が苦笑いし、櫓《ろ》を漕ぎながら説明を始めた。

「私が鳶沢村から江戸の富沢町に奉公に出てきたとき、十三にございまして、江戸の暮らしに慣れず、夜になるとめそめそと涙を流して泣いておりました。二階の大部屋で寝るときのことです、それを先代の黒猫のひなが寄ってきて、毎晩のように涙を舐《な》めてくれました。そんなわけで私もひなに懐《なつ》きましてね。ずいぶんとひなに助けられました。そんな頼りのない小僧見習いのあとをひなが後見のように付いてくるものですから、いつしか猫つきの九輔が猫の九輔に変わったというわけにございますよ」

「ふっふっふ」

と総兵衛が笑った。

「先代のひなはいつ亡《な》くなったのか」

「六年も前のことでしょうか。大番頭さんに命じられ、私が庭の隅に埋めて弔いをしました。今の黒猫のひながお店にきたのはそれから三か月も過ぎたころです。このひなは私の魂胆を承知か、まるで懐きませんでした」

「ほう、その魂胆とはなんだな」

若い主の総兵衛が訊いた。

九輔はこうして総兵衛と二人だけで話していると四つ年下の若者が異郷に生まれ育ったことなど、真実とは思えないと首を横に振ったものだ。

「鳶沢村の家には犬が飼われていまして、私、ほんとうは犬好きなんです。それが江戸に出て、猫の九輔と呼ばれ、今では猫好きとみなに勘違いされております」

「九輔は犬が好きだったか」

と思わず破顔した総兵衛を見た九輔が、

「総兵衛様も犬がお好きですか」

「ツロンのわが屋敷には十数頭の犬が飼われていた。だが、急ぎ逃げ出すときの大混乱に飼犬を一頭として船に乗せることができなんだ。今頃、どうしているか、時折思い出す。なぜ大黒屋は犬を飼わないのであろうか」

九輔の漕ぐ猪牙舟はすでに大川に出て、永代橋を潜《くぐ》っていた。

「猫好きは六代目以来のことだそうです。以前は番犬が飼われていたと聞いたことがございます。たしかに古着問屋ですから蔵にはたくさんの衣類が積まれております、鼠《ねずみ》が悪さをしないために猫を飼うのは分るのですが犬もいるとずいぶん楽しいし、役に立ちます」

しばし沈黙していた総兵衛が、

「その口調だと、どこぞにあてがありそうだな」

「お分かりですか。内藤新宿に古着屋の甲州屋というのがございまして、随分昔からうちで仕入れをしております。その甲州屋さんに甲斐《かい》の山々で猪《いのしし》狩りや熊《くま》狩りに使われている甲斐犬《けん》が飼われておりましてね、つい最近母犬が仔《こ》を産みました。先日、甲州屋さんに、九輔さん、大黒屋でうちの仔を三匹ばかり引き取ってくれませんかね、と願われたんです。でもそのあと、甲州屋の番頭さんが、ああ、そうだ、おまえさんは猫だったね、とんだ見当違いをしてしまったよ、と苦笑いをしておりました」

「甲斐犬か。猪や熊狩りに使われているとなると、獰猛《どうもう》ではないか」

「いえ、仔を産んだ母犬も父親犬もよく躾《しつ》けられていて、甲州屋の店先で客にいじられても粗暴な真似《まね》は致しませんでした。でも、いったん、狩りに出ると熊だろうとなんだろうと勇敢に立ち向かうそうです」

「見たいものだ」

「明日にも甲州屋を訪ねて、残っていたら一匹連れてきましょうか」

「残っている仔犬をすべて引き取ってこよ。店で飼えなければ深浦に置くのもよし、船に乗せて交易に出すのもよし、海賊に襲われたとき、役に立とう」

「先祖は甲斐の山々で育った犬です、船に乗せて大丈夫でしょうか」

「試してだめならば、深浦の船隠しで飼えばよいことだ」

主従二人の間で相談が纏《まと》まったとき、猪牙舟は大川河口を出て人足寄場のある石川島と佃島《つくだじま》の間の水路に入っていた。するとそこに船体が細い琉球型の快速小型帆船が総兵衛を待ち受けていた。

日中、しばしば琉球型小型帆船が富沢町に姿を見せるのは、敵方に大黒屋の行動を教えるようなものとの信一郎の提案で、佃島の水路に深浦と富沢町の中継地の船小屋を設けたのだ。

船頭は真っ黒に日に焼けた池城一族の若者、ぬんちゃく名人の朋親《ともちか》だった。

「総兵衛様、ご機嫌麗《うるわ》しゅうございますか」

と海好きの水夫《かこ》が真っ白な歯を見せて笑った。

「機嫌がよいわけはないぞ、イマサカ号と大黒丸の試走に同行するのを我慢してお店で帳面ばかりを見ておったのだからな」

と笑い返した総兵衛が快速帆船に乗り移り、九輔が猪牙舟を手早く杭《くい》に舫《もや》った。そして、西日が落ちるのと競争するように帆を張って江戸湾の入口へとすでに走り出した帆船に飛び移った。

「どうであった、試走は」

総兵衛が朋親に尋ねたのは快速帆船の走りが安定した折だ。船は順風を受けて、尖《とが》った舳先《へさき》で波を切り分けて猛然と進んでいた。

「一番番頭の信一郎さん方を差し置いて、私が報告してよいのですか」

「いささか異変が生じている。時が惜しい、詳しい報告は後見らから受けるとして、乗り組んだ者の眼から見た話を急ぎ聞いておきたい」

「ならばお話し申し上げます。イマサカ号、大黒丸ともに大きな問題はございません。二艘《そう》ともにこれまで以上の走りをなし、満帆に風を受けての疾走中も安定した走りでございまして、安心して乗っておれます」

「ほう、それはよい知らせだ」

「イマサカ号に乗り組んだ林梅香老師が申されるには、船速はこれまでの一割五分増し、安定性は抜群と申されておられました」

「大黒丸はイマサカ号の船足についてこられるか」

「大黒丸が全速航海をなすとき、イマサカ号は全帆を張ってはおりません。イマサカ号は六、七割の船速で大黒丸の全速航海と並走しておりました」

「致し方あるまいな、船の構造が違うのだからな。それにしても六、七割の船足が保てれば、長距離の遠洋航海に差し支えがなかろう」

「イマサカ号、大黒丸の両主船頭ともに二艘《そう》体制で交易に従事できると洩《も》らしておいででした」

「よしよし」

総兵衛が安堵《あんど》したように呟いた。

「総兵衛様、私らがイマサカ号に接したときから一番進歩したのは拡帆縮帆作業にございます。イマサカ号の全拡帆作業は南蛮時計で二十一分ほどにまで短縮されました」

「二十一分か、海賊船の強襲を受けたとき、それでは間に合わぬな」

初めて総兵衛の顔に危惧《きぐ》の色が浮かんだ。

「総兵衛様、拡帆作業に慣れた今坂一族の面々にわれらが六割ほど混じってのことでございます」

「なに、そなたらがあの主檣《メインマスト》や前檣《フォアマスト》に駆け上がっての作業の時間か」

「いかにもさようでございます」

「さすがに鳶沢一族、池城一族じゃな。ようも慣れた」

総兵衛の顔にふたたび笑みが戻った。

「われら、日の出から日没まで幾たび帆柱を昇り下りさせられたものか。最初は足元が揺れる海に恐怖を感じましたが、そのうち、二百何十尺下の海が盛り上がったり沈んだりする光景がなんとも快感に変わって参りましてな、余裕が出てきたせいで、油断を致しました」

「船では油断は大敵だぞ」

「はい。主檣《メインマスト》の途中から海面に振り落とされて、危うく海の藻くずと果てるところを大黒丸に救われました」

「ふっふっふ」

「私ばかりか何人かがそのような目に遭いましたが不思議と大怪我《おおけが》もせずに深浦に帰着致しました」

「それはなによりであった」

総兵衛が安堵の吐息を洩らしたものだ。

朋親は話しながらも帆の角度をかえて風を拾いつつ、操舵《そうだ》をこなしていた。

それを猫の九輔が黙々と助けていた。

「大黒丸はイマサカ号と出合ってから改装に改装を重ね、こたびの試走航海中も船大工の卜老人方があれこれと工夫されましたので、操帆操舵ともにずいぶんと向上したと乗っていて感じます」

「ゆえにイマサカ号の六、七割の船足を確保できたのであろう」

と総兵衛が得心したとき、深浦の峨々《がが》とした岩棚が見えてきた。

あれこれと話している内に順風を受けた琉球型小型帆船は一気に江戸湾を出口近くまで走破していた。

総兵衛と九輔を乗せた帆船が船隠しの静かな海に入ったのは五つ（午後八時頃）前のことだった。

朋親がイマサカ号の簡易階段下に小型帆船を着け、総兵衛が紬《つむぎ》の裾《すそ》を翻《ひるがえ》して簡易階段を上がっていった。

総兵衛が海の上での居室である船長室の隣の続き部屋、大座敷に入ると信一郎や林梅香老師、二人の主船頭らが大きな卓を前に試走航海の報告書を纏めていた。

「総兵衛様」

と日に焼けた信一郎が驚きの表情で迎えた。

「皆の顔が見たくてな」

と総兵衛が笑い、

「朋親から試走のおよその模様は聞いた。いささか江戸で事が起こりそうでな、後見ら、一刻も早く富沢町に戻ったほうがよいと判断いたし、私自ら迎えに出向いたのだ」

と告げた。

「総兵衛様、異変とはなんでございましょうか」

「本日、城中より本庄様が使いを寄越され、家斉様の名代《みょうだい》として御側衆《おそばしゅう》本郷康秀様が日光詣《もう》でに参られることが決まったそうな。本庄様とは直《じか》にお会いしてないが、本郷様の日光詣でにはなんぞ隠されたことがあるように見受けられるのだ、信一郎」

「本郷様が家斉様の代参で日光詣でですと。この時期、たしかに異なことではございますな。およそ日光社参は家康様のご命日の四月十七日に行われるのが仕来《しきた》りにございますればな。もはや命日は過ぎております」

しばし部屋に沈黙が支配した。

「総兵衛様、こたびの試走航海で二艘交易体制がなりましてございます。それはイマサカ号、大黒丸の外洋航海に関してのことにございます。されど二艘体制でこんご定期的な交易をおこなうには、乗り組む水夫らの熟練度が未《いま》だ足りませぬ、それは絶対的に乗り組む人員が足りない点から来ております。この体制のままに交易に出すとなると海賊船の奇襲を受けたときなど、大きな危険に陥るのは眼に見えております。人数が不足している分、ただ今乗り組んでいる水夫らの練度を大幅に向上させることが必要にございます」

「なんぞ手立てはあるか、後見」

「加賀金沢と京の荷を集めるために大黒丸一艘を派遣することを総兵衛様や大番頭さんと試走の前から話し合うて参りましたな。その考えを改め、二艘体制で金沢から小浜まで出す。金沢、小浜ではイマサカ号を陸上に近付けず、沖合に待機させる。近頃、日本の四周の海におろしゃ船など頻々として姿を見せておりますゆえ、遠目に見られても異国の船と錯覚されましょう。この試走航海中に乗り組み員の操舵技術、操帆技術、砲術の練度を上げる訓練をしとうございます」

と信一郎が総兵衛に願った。

「よかろう、差し許す。この航海にイマサカ号にわが弟の勝幸を乗せよ」

と前置きした総兵衛は、不足する乗り組み員を補うために、イマサカ号と大黒丸を一気に琉球から交趾に急行させ、グェン家、つまりは今坂一族の中でツロンに残った面々の中から操船技術や交易や武術に優れ、かつ忠義心を持つ若者を確保する策を披露した。

「総兵衛様、私もそのことを考えておりました。じゃが、今坂一族の割合が多くなるとき、不満が起こって弊害も生じてくるかもしれぬ。そこでどうしたものかと迷っておったところです」

林梅香老師が正直な考えを吐露した。

「大番頭の光蔵と話し合うた。鳶沢一族が数の上で少なくなろうと商いの拠点が江戸である以上、鳶沢一族の優位は変わらぬ、そのことはこの総兵衛が三族の頭領として、はっきりと宣言する。だが、同時に鳶沢一族は池城、今坂の二族との融和を大事にしていかねば、われらの将来はない。それさえ忘れねば、数の問題は大した差しさわりになるまい」

「いかにもさよう心得ます」

と信一郎がきっぱりと言いきり、

「海の上でのことは問題がはっきりとしております。私どもはなにゆえ御側衆本郷様がこの時節に日光に派遣されるのか、このことに対処したほうがよろしいかと存じます。雄三郎とももども私は総兵衛様と江戸に戻ります」

と言い足した。

「そのために私が参ったのだ。その前に勝幸を呼んでくれぬか、幼い弟に兄から大事な使命を言い聞かせるでな」

総兵衛が言い、グェン・ヴァン・チを和名千恵蔵と改名したイマサカ号航海方が船室を出ていった。

四

石川島と佃島との間の水路に総兵衛一行が戻ってきたのは、夜半九つ（零時頃）前後のことだ。すると四番番頭の重吉が待ち受けていた。

「どうした、重吉」

一番番頭の信一郎が問うと、

「いえ、異変というわけではございません。竈河岸の角蔵親分がお店《たな》を見通す入堀に汚わい船を止めて見張っております。ために大番頭さんが総兵衛様と九輔以外は裏手の空き地からお戻りくださいとの言付けを私に命じられたのでございます」

「おやおや、赤鼻の親分、汚わい船とは気の毒な」

「うっすらと河岸道によい臭《にお》いが漂っております」

と笑った重吉が、

「一番番頭さん、三番番頭さんは私に従って来てくだされ、佃島の渡しに渡し船が用意してございます。こちらへ」

と案内する様子を見せた。

「後見、のちほど富沢町で会おうぞ」

総兵衛が琉球型快速小型帆船から水路に残した猪牙舟《ちょきぶね》に乗り換えた。

「おや、酒の匂《にお》いが」

と総兵衛に従う猫の九輔が顔をしかめた。

九輔は大黒屋の中で数少ない甘味派で、酒は好きではなかった。

「猫さんや、そなたは旦那様《だんなさま》に従って吉原にお供したのですぞ。酒の匂いと化粧の香りくらい体から漂わせてないとね、竈河岸に睨《にら》まれますよ」

と重吉が言った。

「たしかに化粧の香りまで猪牙に漂っていますよ」

「おりんさんが化粧の匂いがする長襦袢《ながじゅばん》に匂い袋まで忍ばせてくれました。総兵衛様、貧乏徳利《どっくり》と茶碗《ちゃわん》では色気がありませんが、飲みながら大川を上がって下さいまし」

九輔の言葉に重吉が応じて、

「貧乏徳利の酒を嗜《たしな》みながら大川を漕《こ》ぎ上がるか、これはこれで風流だ」

と総兵衛が笑った。そして、

「朋親、ご苦労だったな、気をつけて深浦まで帰れよ」

と江戸湾を二往復することになる朋親に労《ねぎら》いの言葉をかけ、

「この次は総兵衛様のお供で外海に出とうございます」

と言い残した朋親が琉球型小型帆船の舳先《へさき》を江戸湾の入り口に向けて走り出した。

「私がイマサカ号に乗船し、大海原に乗り出すのはだいぶ先のことになろうな」

総兵衛が呟《つぶや》きを残して、九輔の櫓《ろ》が軋《きし》み、右手に石川島、左手に佃島の島影を見ながら、鉄砲洲《てっぽうず》との水路へと出ていった。

それを最後まで見送った信一郎、雄三郎、そして重吉の、大黒屋の番頭三人は住吉社の境内から佃島の渡し場へと徒歩で向かった。

この佃島には百年以上も前の五代目総兵衛幸綱《ゆきつな》以来、大黒屋の拠点、いや、鳶沢一族の隠れ拠点が設けられてあった。

荷運び頭《がしら》の大力の作次郎の実弟、種五郎が佃島の白魚漁師の網元に婿《むこ》入りし、種五郎は表面上、大黒屋とも鳶沢一族とも縁を絶った風を装《よそお》いながら、五代目、六代目総兵衛の手足となって働いてきたのだ。

以来、千石船が沖合に泊まる佃島には、大黒屋の隠れ拠点があったのだ。ために夜中に渡し船を鉄砲洲に着けるくらいお茶の子さいさいの話だった。

猫の九輔の操る猪牙舟に単座した総兵衛は、貧乏徳利を引き寄せ、茶碗に七分目ほど注いだ。深浦では夕餉《ゆうげ》は食したが酒は一滴も口にしていない。

江戸湾の寄せる波と隅田川の流れがぶつかる汽水域を乗り越えながら、茶碗に口をつけ、

「ふうっ」

と小さな息を洩《も》らした。

「酒は美味《おい》しゅうございますか」

「おや、猫様は酒が嫌いか」

その口調で悟った総兵衛が九輔に問い返した。

「鳶沢村で酔っぱらいの勘蔵といえば法事の場で意地汚く最後まで膳《ぜん》の前に座り、酒をいつまでも飲んでついには正体をなくす男でしてね。それがうちの親《おや》父《じ》でございました。私が江戸に奉公に出てくる半年前に肝臓《かんのぞう》を患《わずら》い、亡《な》くなりました。おっ母さんが、九輔、大きくなっても酒だけは飲んではいけねえと言い聞かせて鳶沢村を送り出しましたが、幸いなことに私には親父の酒好きな血は伝わっておらぬようで、なぜ酒が美味しいか未だ分かりません」

「ふっふっふ」

と総兵衛が笑い、

「私は酒なればそれなりに飲める、酔いもしない。だが、酒を心から美味《うま》いと思うたことはそうない。付き合いで飲んでいるようなものだ」

「驚きました。総兵衛様は実に美味しそうに嗜んでおられます」

「今宵《こよい》は吉原に登楼したのだ、微醺《びくん》くらい漂わせていかぬとどなたかに怪しまれよう」

「いかにもさようでした」

大川河口から永代橋を潜《くぐ》り、大川右岸の中州を埋め立てて造られた御三卿田安《やす》邸の石垣を横目に富沢町の入堀の最初の橋、川口橋を潜った。すると茶碗を手にした総兵衛の口から端唄《はうた》の文句が流れてきた。

「あさりとれたか　はまぐりまだかいな

あわびくよくよ、片思い」

驚きました、と櫓を握る手を休めた猫の九輔が言った。

「吉原にいくならばと、おりんが教えてくれた」

「梅は咲いたか、桜はまだかいなの替え歌にございますな。粋《いき》な歌をよう覚えられました」

「猫どの、鳶沢村生まれの総兵衛だが、江戸店《だな》帰りの遊び人が村にもいるということよ」

「いかにもいかにも」

と感心する九輔の耳に、

「さざえは　悋気《りんき》で角ばかり

ションガイナー」

夜の闇《やみ》に透き通ったなんともいい声だった。間拍子がどことなく異国風といえばそうだが、替え歌に込められた俗っぽい言葉がさらりと美声に隠されて、雅《みやび》に聞こえた。

九輔は行く手に野暮ったい汚わい船が舫《もや》われているのを認めていた。そして、わざわざかけた苫《とま》の下からこちらを睨む眼を意識した。

九輔は、

「さざえは悋気で角ばかりか、総兵衛様、うまいことをいうもんですね。私、吉原の花魁《おいらん》の持て成しに驚きました、腰を抜かしました」

急に呂律《ろれつ》の回らない口で総兵衛に言いかけ、櫓を操る腰がふらつくと猪牙舟の舳先が汚わい船へと流れていき、軽くぶつかった。

「ど、どなたか存じませんが、失礼をいたしました」

九輔がよろよろしながらも櫓に上体を預けて、

「ああ、くさ。な、なんだ汚わい船じゃないか、だれですね、こんな町中に止めて」

と苫の下を覗《のぞ》き込んだ。

「おや、煙草《たばこ》を吸っておられるのは竃河岸の親分ではございませんか」

「ご機嫌だな、九輔」

「やっぱり親分だ。十手持ちから汚わい屋に鞍替《くらが》えですか」

「余計なことを訊《き》くねえ、しょっぴくぞ」

「酒嫌いの九輔が初めて、美味い酒を吉原でご馳走《ちそう》になったんです。酔って悪いですか、親分」

と九輔がほんとうの酔っ払いのように絡《から》んだ。

「やっぱり旦那の供で吉原か、いいご身分だな。九輔、総兵衛旦那の登楼したのは大籬《おおまがき》だろうな」

「お、親分、うちは代々三浦屋でございますよ」

「総兵衛旦那の相方《あいかた》はだれだえ」

「親分さん、旦那の相方は、今売り出し中の桜香《さくらか》花魁にございました。私のほうは」

「だれがおまえの相方を訊いた」

と角蔵が怒鳴り、総兵衛が、

「九輔、臭い船から離れなされ。桜香から頂戴《ちょうだい》した匂い袋が汚わいの臭いに染まりますよ」

と長襦袢を広げると首に巻いて、

「ご免なさいよ、親分さん」

と挨拶《あいさつ》し、猪牙舟は大黒屋の船着場に向かった。

「五助、おめえが汚わい船なんぞしか見つけられねえから、大黒屋に馬鹿《ばか》にされたじゃねえか」

と赤鼻の角蔵が舌打ちした。

「仕方ねえよ、あの銭じゃ、一夜借り受けられるのは汚わい船しかなかったんだもの。それにしてもよ、総兵衛と猫の野郎、上機嫌ですね。三浦屋の桜香か、いいな、初回からいいことしやがった様子だぜ」

「馬鹿野郎、あいつらのいうことがあてになるもんか。だいいち猫の九輔は酒が嫌いだったんじゃねえか」

「花魁に勧められれば、猫入らずだっておれも飲みますよ」

「おまえまで小馬鹿にしくさって、覚えてやがれ」

赤鼻の角蔵が苫の下から飛び出て、

「五助、汚わい船なんぞ戻してこい、銭なんぞびた一文だって払うことはねえ」

とぷんぷん怒って河岸道に上がった。そして、大黒屋のほうに視線を向けるとよろめく体《てい》の九輔が通用戸を叩《たた》き、

「旦那のお帰りにございますよ」

と相変わらず呂律の回らない口で言い、臆病窓《おくびょうまど》が開いた様子で中から灯りが零《こぼ》れて九輔の顔を浮かばせ、さらに戸が開いて二人が店の中へと姿を消した。

赤鼻の角蔵はしばらく戸が閉じられた大黒屋を見ていたが、

「くそっ」

と罵《のの》り声を上げると、竈河岸の家に向かって歩き出した。

総兵衛と九輔を大番頭の光蔵が迎えた。

「まだ起きていたか」

「総兵衛様、四半刻《しはんとき》(三十分)前、天松がちゅう吉さんを連れて店に戻って参

りましてな、この刻限にございます。話を聞こうにもちゅう吉さんの体があまりにも臭いもので、天松がちゅう吉さんを井戸端でごしごし洗っておるところです」

「おや、お店も臭《にお》いに悩まされてるか」

「総兵衛様も臭いで」

「いや、九輔が竃河岸の見張り船にうちの猪牙《ちょき》の舳先をぶつけるものだから、しばらく親分と夜中の話し合いを持ったので」

「それはそれは」

「話の流れで吉原のどこに上がった、相方はだれと訊かれて、三浦屋の桜香花魁と九輔が答えていた。明日にも吉原に使いを出して口裏を合わせておいてくれぬか」

「承知しました」

と光蔵が心得て請け合い、

「一番番頭さん、三番番頭も戻っております。こちらは湯殿で潮っけを洗い流しております」

　というところに信一郎と雄三郎がさっぱりとした顔で姿を見せた。

「井戸端は賑《にぎ》やかでございますよ。ちゅう吉さんの長年の臭いを洗い流すには天松も苦労をしている様子です。もうしばらく時間がかかりましょうな」

　と信一郎が言い、

「大番頭さん、無事に二艘《そう》の外海試走航海を終えましてございます」

　と手際《てぎわ》よくざっとした報告をなした。

「イマサカ号と大黒丸が深浦を出るのは九月と考え、あと四月半しか残されておりませぬな」

　と光蔵が指を折った。

「そこで本式の交易航海を前に二艘を金沢と小浜に差し向け、金沢と京の荷を積み込むと同時に、こたび試した試走航海をより実践的に行う訓練を行いたいと思います。このこと総兵衛様のお許しを得てございます」

「うちから長《おさ》を出さねばなりますまいが、だれにしますな」

「深浦からの戻り船で総兵衛様とも話し合いましたが、夏じゅうには終えておきたいと思います」

と信一郎が話の矛先を変えた。

季節は明らかに春から夏へと移っていた。

「ならば加賀金沢も京のじゅらく屋さんも万全に積み荷を揃《そろ》えることができましょうな」

「本郷康秀様の日光代参次第ですが、総兵衛様か私が乗り込み、金沢と京には交易再開の挨拶《あいさつ》をなしたいと思いますが、いかがにございますか」

と話を戻した。

「後見、それはよい考えかな。六代目以来の金沢の御蔵屋《みくらや》様と京のじゅらく屋様には私もご挨拶を申し上げたい」

と総兵衛がいうところに天松が洗い立ての浴衣《ゆかた》に着替えさせたちゅう吉を伴い、姿を見せた。

「あれ、大黒屋の旦那がおられるぞ」

ちゅう吉が総兵衛を見て、笑みの顔を向けた。

「今晩はお腹《なか》が空《す》いてはおらぬか、ちゅう吉さん」

「最前女衆《おなごし》に握り飯を貰《もら》って食ったからさ、腹は大丈夫だよ」

とにっこりと笑った。

「総兵衛様、ご一統様、本郷屋敷に入っております千造さんといねさんになかなかつなぎがとれませんで、手間取りましたことをお詫《わ》び申します」

小僧の天松がまず頭を下げると、かたわらからちゅう吉も一緒になって低頭した。すっかりちゅう吉は大黒屋か、天松の手先になった感じだ。

「と申しますのもこの数日前より本郷邸の出入りの警戒が厳しくなりまして、屋敷に潜りこむことができません。そこで気長に千造さんかいねさんが外に出てくるのを待つしかなかったのでございます。いねさんと外で会うことが出来たのは暮れ六つ半（七時頃）でございまして、本郷屋敷では二日前に殿様が家斉様の名代《みょうだい》で日光に行くことが内示されて、随行の要員として外から剣術家など七、八人雇われたとのことでございます」

「なに、二日も前から本郷屋敷では日光詣《もう》でが分かっていたですと」

光蔵がまずこのことに反応した。

城中では幕閣の一人、大目付首席の本庄義親でさえ本日承知したことがすでに二日も前に本郷邸では家臣たちに告げられていたという。

「天松、いねは本郷康秀様の日光行きに他になんぞ格別な用があるかないか、探りだしてはいまいな」

「いねさんの話では、家来衆は家斉様の名代で日光詣でをなさることを大変名誉に思うておるということです。格別な用事が隠されておるのかどうか知りたいと言われて、早速調べてみるが本郷康秀様の居室や寝所に近付けぬゆえ、家来筋から探るしか手はないというておりました」

「致し方あるまい、無理は禁物じゃでな」

光蔵がいねの判断を支持し、

「総兵衛様、ご一統様、本郷屋敷から湯島天神に回ってみましたところ、ちゅう吉の姿が見えませぬ。一刻半《いっとき》（三時間）ほど帰りを待つうちにようやくちゅう吉が外から戻って参りました。この先はちゅう吉自らに報告させます」

と兄貴株の天松がちゅう吉を眼で促した。

「ここんとこさ、かげまの歌児《うたじ》も、あの武家もよ、花伊勢に姿を見せねえからよ、おれ、かげま茶屋を変えたんじゃねえかと、芳町《よしちょう》の子供屋に歌児のことを確かめにいったんだよ」

「さすがにちゅう吉さんですね、気が回ります」

大番頭の光蔵が褒めるのをじろりと見返したちゅう吉が、

「大番頭さん、話の途中だからさ、口を挟まねえでくんな」

「これは失礼を致しました。もう邪魔はしませんぞ」

「うん、分ってくれればいいんだ。人の上に立つ人はよ、ついあれこれと余計な口出しをするもんなんだよ、大番頭さんも気をつけねえと奉公人に嫌われるぜ」

「はっ、はい。ちゅう吉さんの忠言、胆《きも》に銘じます」

大きく頷《うなず》いたちゅう吉が、えへんとひとつ咳《せき》払いして続けた。

「そしたらさ、歌児の野郎、ここんところ浮かれててよ、日光詣でに乗り物でいくと周りに言いふらしてよ、有頂天なんだとよ」

「なんですと、かげまが家斉様の名代を務める御側衆《おそばしゅう》に同道するですと」

「武家と一緒にいくとはっきりしたわけじゃねえがさ、どう考えてもそれしかおれには考えられねえ。子供屋の近くで粘っていたらよ、歌児が出てきて町役に『歌児、日光にいくんだってな、道中手形は用意したか』って尋ねられたところに出くわしたんだよ。そしたら、歌児がなんと答えたと思う、大番頭さんよ」

「あまり差し出口をしてもちゅう吉さんにご注意を受けますでな」

「訊かれたときにはいいんだよ」

「さてどう答えたか」

光蔵は思い付いた言葉はあったが口にしなかった。

「それでよく大所帯の大番頭が務まるな」

「これ、ちゅう吉、大番頭さんになんてことを。おまえも無駄口が多いよ」

「おっ、兄いから注意を受けたよ、これはすまねえ。歌児の野郎、胸を反りくり返してよ、『私の旦那様は公方《くぼう》様名代で日光にいかれるお方、そのようなものは要りません』って言い放ったんだよ」

「ほうほう、面白うございますな」

「大番頭さん、話はこれだけだ。面白いかい」

「大変面白うございます。ちゅう吉大明神、天松兄いと一緒の布団《ふとん》でな、ゆっくりとお休みなされ」

「えっ、大黒屋さんで泊まっていいのかい。それにさ、兄いと一緒に寝られるんだって、嬉《うれ》しいな」

「おい、ちゅう吉、おまえ、かげまじゃないよな。おれ、一緒に寝るなんてご免だよ」

「そんなこというなよ、一晩じゅうお喋《しゃべ》りしようよ」

「私はお店《たな》の奉公人です、朝が早いんです。隣に床を並べて寝るだけだぞ」

と天松に言われたちゅう吉が嬉しそうに店の板の間から二階への階段を上がっていった。

「総兵衛様、さてさてどうしたもので」

「ちゅう吉さんの探り出してきた話、使えそうだな」

総兵衛が応じて、大黒屋の幹部たちが額を合わせた。まだまだ夜は終る様子はなかった。

どこの飼い犬か遠吠《とおぼ》えが富沢町に響いた。

総兵衛は、九輔の話した甲斐犬《かいけん》のことをふと脳裏に思い描いていた。

第二章　呼吸と間

一

（うーむ、なにかが違う）

と信一郎は木刀を構え合った総兵衛に、

「異変」

を感じていた。

最後に二人が稽古《けいこ》を為《な》してどれほどの月日が経過したか。せいぜい試走航海に出る前後の一月あまりの空白だろう。その間に変わったものがあった。

信一郎は相正眼で構え合いながら異変と感ずる因《もと》を探っていた。

木刀の先端間は半間（約九〇センチ）。

その間合がはるかに遠く感じた。

懐《ふところ》が深くなったということか？

（違う、見た目になにかが変わったというのではないが、たしかに違う）

総兵衛自身の本体が大きく変わろうという兆《きざ》しに、信一郎は違和と驚きを感じていた。

信一郎の思考は目まぐるしく変転していた。

江戸に姿を見せたグェン・ヴァン・キ公子が鳶沢《とびさわ》総兵衛勝臣《かつおみ》と変わってから未《ま》だ一年にも満たない。わずかな歳月と経験がこうも人を変えうるか。

信一郎は総兵衛の双眸《そうぼう》を凝視していた。その両眼に宿っているものは戸惑いと疑念だった。当人ですら確信できない、

「変化」

が起ころうとしていた。

信一郎が偽って総兵衛に扮《ふん》し、祖《そ》伝夢想流《でんむそうりゅう》落花流水剣の型をキ公子に披露したあと、勝臣は、

「解《げ》せませぬ。これが祖伝夢想流落花流水剣にございますか」

と戸惑いの顔で疑問を呈したものだ。それは緩やかなる円運動に込められた真実が理解できない若者の正直な吐露であった。

交趾《こうち》ツロンには異郷のあらゆる武術が流れ込んできた。

北の大国からは、

「力とまやかし」

を基本にした武術が、
また南蛮船が齎《もたら》した武術は、

「迅速と巧妙」

であった。

勝臣の五体にも頭の中にも確乎《かっこ》として力と迅速の技への憧憬《どうけい》と、そしてそれを物心ついた時から会得《えとく》させられてきた自信があった。

その剣術思想を偽総兵衛の信一郎が打ち砕いたのだ。

勝臣は六代目総兵衛が鳶沢の血の証《あかし》として交趾に残した来国長《らいくになが》刃渡り一尺六寸二分（約五〇センチ）で、白扇を構えただけの偽総兵衛に斬《き》りかかった。

だが、力溢《あふ》れる迅速の剣は緩慢なる動きの前になすすべを持たなかった。勝臣はあらゆる技量と速さと仕掛けで迫ったが、来国長の切っ先は偽総兵衛の衣服にすら触れることは叶《かな》わなかった。

が、かつて偽総兵衛に扮した信一郎は今、反対に総兵衛勝臣の構えに戸惑いを覚えていた。

「参ります」

と改めて宣告した信一郎は、落花流水剣の心にしか感じられない動き、

「序」

の舞を始めた。すると即座に総兵衛が信一郎のそれに呼応した。

富沢町大黒屋の敷地内の地下にある道場に、静かに張りつめた空気が、無拍子の刻《とき》が漂った。

朝稽古に出てきた鳶沢一族の面々が二人の対決に目を見張り、板戸が開け放たれた廊下からその様子を凝視した。

大きな円が二つ、道場の空間に描かれながらその軌道上にある剣者が接近しては離れていく。二人は同時に大きな円を描きつつ、自転を始めた。

無限と思える空間で二点が静かに交わった。

互いの得物が伸ばされて相手の核心を叩《たた》こうとしたが、二つの木刀は、

「かーん」

と乾いた音を響かせてそれぞれの円軌道へと戻っていった。

「破」

に移り、両者の動きが徐々に高まりを見せて、互いの円軌道を守りつつ攻防が繰り広げられた。

大黒屋の奉公人は、地下城に下った瞬間、鳶沢一族の武人と変わった。爛々《らんらん》と光を放つ視線が食い入るように十代目総兵衛と信一郎の稽古を、いや、探り合いを見詰めていた。

時がどれほど流れたか、不意に二人の動きが、

「急」

を告げ、急速な間拍子へと移ったが、剣術の妙を悟りえない凡人にはただ緩慢な円運動と映じたかもしれない。

急速に円軌道の二点が接近して信一郎の木刀が総兵衛の眉間《みけん》を断ち割るよう

に襲った。すると総兵衛はその木刀の強襲を避けようともせず、
すうっ
と光の尾を引くように信一郎の内懐に入り込み、木刀を信一郎の体の中心部に差し伸べた。

信一郎の体がそよりと反転しつつ総兵衛の攻めを避け、動きを見つつさらに反撃に転じた。

「急」

の場がどれほど続いたか、阿吽《あうん》の呼吸で終息の時に移り、二人が最初に対峙《たいじ》した場に戻ると動きが停止した。

総兵衛も信一郎も静かに弾んだ息を整えながら黙礼した。

「総兵衛様、祖伝夢想流の極意、呼吸と間《ま》を掴《つか》まれましたか」

「後見、祖伝夢想流の極意が呼吸と間にあるかどうかはしらぬ。私はそなたの動きに合わせただけじゃ」

「いえ、これまでの総兵衛様の動きとは明らかに異なります」

「そうか、そうであろうか」

総兵衛自身が己の動きを確信していなかった。

「総兵衛様が流儀を知られて一年とは経《た》っていませぬ。ようもこれまでの業前《わざまえ》を習得なされました。私が考えるに総兵衛様の体を流れる六代目の血を日頃の鍛錬が導き出したものにございましょう」

「そうであったとしてもわが祖伝夢想流は未《いま》だ完成ならず、わが前途に長大な時間が横たわっておるわ」

と答えた総兵衛の顔に考えが浮かんだか、微妙な気配が漂った。

「どうなされました」

「六代目が祖伝夢想流を基に落花流水剣を会得なされた鳶沢村に逗留《とうりゅう》できればと思うただけじゃ」

「われら鳶沢一族にとって村は魂の故郷とは存じます。ですが、鳶沢村だけが剣の奥義《おうぎ》を取得するために修行する場ではございますまい。日々われらが在るべき場こそが究極の修行道場にございます」

「後見、いかにもさようであった。われらの前にはあれこれと差し障《さわ》りが山積しておるでな、なすべきことはいくらもある」

信一郎が笑みの顔で、

「総兵衛様、今朝の稽古の感覚を忘れぬようにして下され。十代目総兵衛様は確かな足取りで六代目を追っておられる。そのことを信一郎、改めて感じた朝にございました」

「それもこれも後見がおればこそ」

二人は一礼し合った。

総兵衛が廊下で二人の稽古を見守っていた一族の面々に、

「そなたらの稽古の邪魔をしたようだな。天松、詫《わ》びにそなたと稽古をしようか」

「えっ、直々に総兵衛様がご指導くださいますか、天松、光栄にも小便がちびりそうでございます」

「厠《かわや》に行くか」

「いえ、このような機会は滅多にあるものではございません。お願い申します」

天松が木刀を手に廊下から道場へと走り込み、総兵衛に一礼した。

ちょうどその刻限、ちゅう吉は二階の三十六畳の大座敷の隅で目を覚ました。格子《こうし》が嵌《はま》った窓の向こう、表はまだ暗いように感じた。

だが、店の真上の大座敷に人の気配はなかった。

この大座敷、手代以下の奉公人が枕《まくら》を並べて寝る部屋だった。大番頭の光蔵《みつぞう》は一階の薬草園の側《そば》に部屋があり、信一郎も階下に個室を持っていた。

残りの番頭と見習は二階の大座敷に接して番頭部屋があった。衝立《ついたて》で仕切られた番頭部屋に入るのは大黒屋の奉公人の最初の夢であった。だが、物心ついて以来、独り暮らしのちゅう吉にしてみたら、大勢で枕を並べて眠るのは、胸の中を温かいものが満たすようでなんとも幸せなことだった。

それが夜明け前、広い座敷にちゅう吉だけが寝ていた。

（おりゃ、天松兄いらとよ、生まれが違うものな）

己に言い聞かせたちゅう吉は、いつの日か天松兄いと寝食を共にすることができたらな、と考えた。そして、

（人間なんてよ、生まれたときも独り、死ぬ時も独りだもんな）

とも言い聞かせ、再び眠りに就こうとした。二度寝に落ちる前、

(天松兄いたち、どこへ行ったのかね)

という考えが頭に浮かんだ。だが、暑さにも蚊にも悩まされることのない心地よい屋根の下での眠りに誘われて、ちゅう吉の意識は再び消えた。


「これ、ちゅう吉、いつまで眠っているんですよ」

と天松の声がしてちゅう吉は強引に目を覚まされた。

「あれ、天松兄い、ここはどこだ」

「大黒屋の奉公人の大部屋だよ、寝ているのはおまえだけだぞ。小僧だって表の掃除をして、朝餉《あさげ》を頂くのですよ」

「そうか、大黒屋さんに泊まったのか」

「ちゅう吉、すごい鼾《いびき》だったぞ」

「えっ、おれって鼾をかくのか。鼾なんて年寄りがするもんだろうが」

「おまえは鼾をかく。悩まされた私がいうのだから、間違いない」

ふーん、と鼻で応じたちゅう吉は、天松に敷布団《しきぶとん》を剝《は》がされて畳にごろりと転がった。

格子窓の向こうから夏の光が差し込んでいた。

朝の涼気が漂う光がなんとも気持ちがよい。

畳の感触、天松が布団を畳む仕草、階下から伝わる物音、ご飯が炊《た》ける匂《にお》い、ちゅう吉にはすべて初めての体験で幸せを感じる出来事だった。

「天松兄い、この幸せを忘れちゃいけねえぜ」

「呑気《のんき》に畳の上に転がっている場合ですか、お店《たな》の朝は忙しいんだよ」

「おれは客だぜ」

「えっ、おまえ、客だと思ってるのか」

「思っちゃいけないか、兄い」

「たしかにちゅう吉は奉公人ではなし、かといって客って顔でもないし。なんだ、おまえは」

「だからさ、なんでもよ、話し合える兄弟分のようなもんだろうが」

「兄弟分だと、大きく出たな。そんなことより早く起きて井戸端に行って顔を洗ってこい」

「えっ、朝起きたら顔を洗うのか、なんで面《つら》なんぞ洗うのだ。湯島天神床下の鼠《ねずみ》は臭いくらいがちょうどいいんだよ」

「大黒屋に泊まって私たちと一緒に膳《ぜん》をもらうんだったら、そうするのが決まりだ」

「驚いたな、昨日の夜中にも兄いに体を洗われて朝になったらよ、また顔を洗えだと」

とぼそぼそ呟《つぶや》きながら、ちゅう吉が畳から起き上がった。

「ちゅう吉、番頭さんに願って単衣《ひとえ》木綿から帯まで揃《そろ》えておいた、着替えをするんだ」

「え、臭《にお》いのない単衣なんぞ着たら風邪をひくぜ。おれの汚れ着はどこへおいたんだ」

「あれはもはや古着にもなれないものだ、女衆《おなごし》がさ、のみが集っているって竈《かまど》へくべたら、のみがぱちぱち音を立てて跳ねて死んだそうだ」

「ありゃ、おれの商売道具なのにな、これだから、素人《しろうと》はこまる。こんな単衣でだれが残りものくれるよ」

「ぐずぐず言わずに井戸端に行くんだ、そのあと朝餉だからさ」

「あいよ」

と仕度された単衣に着替えて帯を結ぶちゅう吉に天松が、

「ちゅう吉、大黒屋と付き合っていくのに大事なことはなんだ」

と問い、

「兄い、心配はねえよ、これだよ、これだろうが」

と両手で両眼を、耳を、さらに口をちゅう吉が塞《ふさ》いで見せた。

大番頭の光蔵が黒光りした大黒柱の前に鎮座すると奉公人一同が、

「お早うございます」

と一斉に挨拶《あいさつ》した。

「お早うさん。だれも夏風邪など引いておりませぬな」

と光蔵が奉公人一同を見回した。

傍らには一番番頭の信一郎が、そして二番番頭、三番番頭、四番番頭までが横に並び、コの字に並ぶお膳の前に見習い番頭、手代以下の男衆《おとこし》と向き合っていた。

竈がいくつもならぶ台所の土間には女衆がお櫃《ひつ》を抱えて、待機していた。ちゅう吉は朝餉の風景に圧倒されていた。そして、箱膳に並んだ干物、野菜の煮付け、しらすをかけた大根おろしに納豆、賽《さい》の目《め》に切った豆腐と青ネギの味噌汁《みそしる》の美味《うま》そうな匂いに仰天していた。

「天松兄い」

「大番頭さんが話しているときは黙っているんだ」

「だ、だってよ、味噌汁が冷めないか」

「うるさい」

「なんですね、天松」

と光蔵がじろりと天松を睨《にら》んで、隣の天松に慌《あわ》ててへばりつくちゅう吉に気付いた。

「そうでした、今朝はお客さんがおられたのでしたな。ちゅう吉さん、よく眠れましたかな」

「大番頭さんよ、おかげ様で朝までぐっすりだ。天松兄いが小便に行ったのさえ、気付かないくらいだ」

「そうでしたか、それはよかった。朝餉は一日の力の源です、好きなだけ食べなされ、菜が足りなければ女衆に卵でもなんでも願いなされよ」

と優しく光蔵がちゅう吉にいい、

「さて、頂きます」

というと一斉に奉公人が和して、手代以下の面々が猛烈な勢いで菜を、味噌汁を、膳の前に大丼《おおどんぶり》でいくつも置かれた香の物を箸《はし》で摑《つか》んで食べ始めた。

ちゅう吉も天松ら小僧に負けないように必死で箸を使ったが、使い慣れない箸では太刀打ちできなかった。かといって飯茶椀《めしぢゃわん》の飯は湯気が立ち、椀《わん》に注がれた味噌汁は熱く、手で搔《か》きこむわけにもいかなかった。

ちゅう吉がご飯を一膳食べる間に天松など三杯もお代わりしていた。

(大店《おおだな》の奉公人も楽じゃねえな)

と思いながら、ちゅう吉もたくさんの菜で二杯のご飯を食べて満腹した。

ふと気づくと広い台所の板の間に光蔵と信一郎の二人しかおらず、いつしか膳も女衆のそれと代わっていた。

「魂消《たまげ》たな、飯も競い合いか」

と呟くちゅう吉を光蔵が手招きした。

おれか、という風に自分の中指を鉤《かぎ》の手に曲げて顔を差したちゅう吉に光蔵が大きく頷《うなず》いた。

「もうご飯はいいかね、おこもさん」

台所を取り仕切る女中頭のふみがちゅう吉に尋ねた。

「姉さん、もうこれ以上、食えねえよ。だけどよ、腹ってやつは直《す》ぐに空《す》いてきやがる。もしさ、飯が残るようならば、二つ三つ握りにしてくれないかな」

「これ、図に乗るんじゃないよ」

ふみが一喝し、ちゅう吉は首を竦《すく》めた。

「やっぱりだめか」

「あたりまえだ。どこのお店がおこもさんを寝泊まりさせて朝餉の膳まで与えてくれる。その上、握りめしを持たせろだと」

と小言をいうふみに、

「ふみ、ちゅう吉さんは腹が空く年頃ですよ。大きな握りを作ってな、この時節です、飯が腐らないように梅干しを入れてやりなされ」

と大番頭が命じた。

「おっ魂消た。おこもに追い銭ならぬ握り飯だと」

「いいか、女衆、これからちゅう吉さんが裏口から台所を覗《のぞ》いたら、なんでも好きなものを拵《こしら》えてあげなされ」

とさらに命じられ、ふみならず、女衆全員が驚いた。

だが、大黒屋の女衆だ。なにがあっても大仰に騒いだり驚いたりしないことには慣らされていた。これは理由があってのことと、ふみも即座に得心した。

「ほれ、膳はふみが片付ける、大番頭さんのところにいきなされ」

「わるいな、おふみさんよ」

と上機嫌のちゅう吉が光蔵と信一郎の側《そば》に寄った。

「ふみ、甘いものはありませんか」

と光蔵がふみに訊《き》いた。

「大番頭さんよ、そう気を使わないでくんな。天松兄いにもいったんだが、大黒屋とおれは兄弟ぶんのようなもんだろ。そう無理して気を使われると、これからよ、来づらくならあ。甘いものがあるのなら、握りと一緒にしておくれよ」

「はいはい、畏《かしこ》まりました」

と光蔵が笑い、

「昨夜は大変なお手柄にございました。主《あるじ》の総兵衛に成り代わりお礼申します
よ」

「夕べのことはすんだことだ、大事なのはこれから物事がどう動くかだよ、大
番頭さん」

「これは一本とられましたな。今後ともお付き合いいただけますので」

ちゅう吉が胸を叩《たた》き、

「湯島天神の花伊勢にはあのお武家はとうぶんよ、姿をみせないとおれはみた。

なぜならば、本郷って侍、御用で日光行きの仕度でいそがしいや。となればだ、
おりゃ、芳町《よしちょう》に目先を変えようと思う」

芳町は葭町とも書き、正式には堀江六軒町のことだ。

「ほう、芳町ね、なにかございましたかな」

「大番頭さん、しっかりしてくんな。あの侍の相手の歌児《うたじ》は中村座の舞台子で、

本郷の想《おも》いものだぜ。歌児も侍にさそわれて日光にいくのを楽しみにしていらあ。かげまが日光に乗り物でいこうという話は、そう滅多にあるもんじゃねえ。いつ江戸を発《た》つか知らねえが、道中を楽しみにしてよ、花伊勢では会わねえとみた。そんなわけでさ、おれはよ、芳町の子供屋の歌児の動きを見張ろうというんだよ」

「いかにもさようでした」

「得心してくれたかえ。大黒屋もただもんじゃないがさ、こういう色事がからむ話は、素人が手を出しちゃ火傷《やけど》をする。おれなれば、かげまの裏表を知っているからよ」

「お願い申します」

と思わず光蔵もちゅう吉に願っていた。

「まあ、かげまなんぞが動くのは日が落ちてからだ。天松兄いを葭町の火の見櫓下《やぐらした》に六つから五つ時分（午後六時から八時頃）に来させてくんな。そしたら分かったことを知らせるよ」

「至れりつくせりのご配慮にございますな」

と光蔵が感心し、信一郎が、

「これは探索の費えです、銭と一朱で一分ばかり用意してございます」

「さすがに一番番頭さんだ、飲みこみが早いよ。いそぎのときはよ、仲間のうすのろの千太を使いに立てる。だが、富沢町と芳町は隣町のようなものだ、まず千太を巻きこむこともあるまいと思うよ」

と早口でまくしたてたちゅう吉が、改めて居ずまいを正し、

「ご厄介をかけましたね、朝めしまで馳走《ごち》になってすまねえ」

と二人の番頭に礼を述べると悠然と立ち上がった。

二

大黒屋の裏手に三百余坪の空き地があった。

古着屋伊勢屋半右衛門方が店仕舞いする折、大黒屋ではこの土地を手に入れたが、元々の拝領地六百二十五坪の敷地に組み込もうとはしなかった。

古びた屋敷と店は取り壊し、空き地のままにしておいた。

購入したのは八代目の総兵衛時代のことだ。そして、時折古着市などを開催

する場所として使ってきた。

伊勢屋の庭にあった大銀杏《おおいちょう》と稲荷《いなり》社が空き地の象徴のようにあって、富沢町の盛衰を静かに見守っていた。

表面上は空き地だが、その地下には何本かの地下道が掘り抜かれて、一本は大黒屋の内蔵から富沢町の隣町弥生町《やよいちょう》の古着屋柏やの納戸《なんど》に通じていた。この柏や、担《かつ》ぎ商いの千造の実家でもあった。むろん柏やの当主広一郎《こういちろう》も鳶沢一族が古着屋に偽装した姿だ。

この朝、柏やの奉公人が朝餉《あさげ》を終えたとき、表戸がこつこつと叩かれ、店に入ってきた者がいた。

「いらっしゃい」

主の広一郎が無意識のうちに挨拶して顔を上げると、富沢町に仕入れにきた体《てい》の大黒屋の手代の華吉《かきち》が店先に立っていて、

「広一郎さん、朝っぱらから騒がせてすまないね」

と小声で詫《わ》びると、店の奥へと向かおうとした。だが、暗がりで動きを止めて、

「あとで総兵衛様が参られると思う」

と潜み声で言い残すと柏やの納戸部屋へと姿を消した。

華吉はこのような火急を要する使いのために大目付本庄義親《ほんじょうよしちか》邸に配されていたのだ。むろん影様、本郷康秀の日光名代《みょうだい》の真相を一刻も早く探ろうとしてのことだった。

「弟の千造夫婦がこのところ仕入れにもこないところを見ると、なにやら城中がきな臭いということかね」

と呟《つぶや》いた広一郎はこの日の手順に考えを戻した。

富沢町にいるかぎり古着商いに精を出す、鳶沢一族に課せられた日常だった。

四半刻《しはんとき》（三十分）後、納戸部屋が内側からこつこつと叩かれ、十代目総兵衛がするりとした姿を見せた。従うのはおりん一人だった。

柏やの薄暗い納戸に接した土間が、
ぱあっ
と二輪の艶《あで》やかな花が咲いたように明るく変わった。

「広一郎さん、お世話をかけます」

と総兵衛が気さくに声をかけ、おりんが、

「一刻半（三時間）あとにまたお邪魔しますよ」

と言い残して柏やの裏口から大門通へと出ていった。

二人の隠密の行動は、入堀から大黒屋を見張る竈河岸《へっついがし》の角蔵親分の眼をごまかしてのことだった。

四半刻後、大黒屋主従の姿は、四軒町の大目付本庄義親邸の裏門からすうっと吸い込まれるように敷地内に消えた。

登城仕度の本庄義親が二人の待つ奥座敷に姿を見せて、

「総兵衛、大儀じゃ」

「殿様、多忙な朝の刻限を煩《わずら》わし、総兵衛、恐縮至極にございます」

平伏する総兵衛の言葉を聞いた義親が、

（異国に生まれ育った人間がこれほどまで巧みな和語を話すか）

と改めて感心しつつ本題に入った。

「御側衆《おそばしゅう》本郷康秀どのの日光代参じゃが、城中の大半の者が唐突さを否《いな》めないでおる。はっきりとしておることは家斉《いえなり》様の代参を本郷どのがなされること、先任老中松平信明《のぶあきら》様が上様におたしかめになったゆえ、上様のご意思があることだけはたしかである。されど日光名代の詳細は、幕閣内にも知らされておらぬ」

「このこと、異例と申してようございますか」

「先例のないことはたしかであろう。城中では本郷どのが言葉巧みに上様をたぶらかしたと考える見方に傾いておる。このところ本郷どのに対する上様の寵《ちょう》愛《あい》ぶりは目立つでな」

「家斉様は衆道の気がございますので」

と総兵衛がずばりと聞いた。苦笑いした義親が、

「総兵衛、それは考え過ぎじゃぞ。島津家から寔子《ただこ》様が正室に入られ、夫婦の仲も睦《むつ》まじくあられ、さらには側室が何人もおられる。一方で本郷どのにその癖《へき》があることは城中の一部では公然の秘密でな、ご当人だけが隠し果《おお》せておると思うておられる」

という言葉に総兵衛は頷《うなず》いた。

「殿様、こたびの日光名代、その名目どおりに受け取って宜《よろ》しいのでございま

しょうか」

「総兵衛、日光でなんぞあると考えられるか」

義親の反問に総兵衛は顔を横にゆっくりと振ると、

「恐れながら殿様が、わざわざご配下の方を富沢町に差し向けられて、お知らせ下さったにはそれそれなりの理由があろうかと存じます」

と応じていた。

「そこじゃ、日光名代と素直に受けとればそれでよしとも考えられる。じゃが、最前も申したが唐突に家斉様の周辺から起こった話、老中方にもあとから知らされた経緯を考えるとき、素直に得心できぬのだ。ゆえにそなたに一刻も早くと知らせた」

「真《まこと》にありがたきご配慮にございました」

「そのほうらの調べでなんぞ分かったか」

大目付本庄家と大黒屋とは百年以上も前から肝胆相照らす仲だ。

義親も口にはしないが、大黒屋の裏の貌《かお》、徳川を陰から支える一族と理解していた。代々の本庄家の当主と大黒屋の主は、の一点で深い絆《きずな》を結び、互いの言動を信頼してきたのだ。

「本郷康秀様には、情けを交わす中村歌児なる十五歳のかげまがございます。このかげまを日光代参に同道いたしますそうな。歌児が周りに言いふらしておることにございます」

「なんと、上様名代の本郷どのはそのような者を同道してお役が果たせると思うてか。このことが巷《ちまた》に知れただけで死に価《あたい》しよう」

「上様が本郷様をそれほどまでにご信頼なされているとしたら、何を申し上げても耳をお貸しにはなられますまいな」

「おそらく」

「かげまを連れての日光代参に他意が隠されておるのかどうか」

と総兵衛が呟き、

「どういたすな、総兵衛」

「日光への代参道中の尾行に私めが同道するか、あるいは腹心の者を密行させます」

「徳川守護」

と総兵衛は即答していた。私がと明言できなかったのは、イマサカ号と大黒丸の初めての異国交易が迫っていたからだ。

「うむ」

と頷いた義親が話柄《わへい》を転じた。

「本郷康秀どのの背後に老中牧野忠精《ただきよ》様が控えておられるのではないかという、そなたらの疑念じゃが、城中をいくら探っても本郷どのと牧野様のつながりは見えてこぬ。牧野様は英明なる人物、これからの幕閣を主導していかれるお方だ。本郷どのが怪しげな振舞いをしておるとしたら、それに付き合うはずもない。これまで探りえたことを基に出した、わしの見解じゃがどうか」

「殿様のご多忙な刻《とき》を煩わし、真に恐縮にございます。その後の私どもの調べでも牧野様がなんぞ陰で画策されておる気配はございません。一方で御庭番衆が牧野様の下屋敷に姿を消したのはたしかなことでございます。おそらく御庭番衆は、私どもの尾行を考えて、深川の牧野邸へと誘い込み、牧野様の存在を印象づけたということでございましょうな」

総兵衛の言葉に義親が首肯すると、

「総兵衛、いくら公方《くぼう》様のご寵愛があるとは申せ、御側衆《おそばしゅう》本郷どの一人の意思であれほど勝手に動けるとは思えぬ。だれぞ背後に控えておると考えたほうがよいのじゃが、その人物に思いあたらぬ」

義親は本郷康秀が鳶沢一族を動かす、

「影様」

と承知していた。

「なんとしても早急に探り出します」

「うーむ」

と応じた本庄義親が総兵衛とおりんを残して玄関先に待たせた乗り物に向かおうとして、

「総兵衛、もし日光で本郷康秀どのが怪しげなる行動をなしたとき、どうするな」

「殿様、仮定のお話ゆえなかなか答え難《にく》うございます。されどわざわざ殿様の多忙なお時間を拝借した総兵衛にございます。いささか無責任な言葉とは存じますが、本郷康秀様に直参旗本として訝《いぶか》しき行動があらば、この総兵衛と一族が始末いたします。それでようございますか」

「総兵衛、そなたに念を押すこともないが密《ひそ》かにじゃぞ。かげまが同道するのはもっけの幸いかもしれぬ」

と呟くように言った本庄義親が、登城のために奥座敷から姿を消した。

「おりん、私の応対に粗忽《そこつ》はあったか」

「いえ、ございません。本庄の殿様も総兵衛様に全幅の信頼をおかれていればこそ、最後にあのような大胆な言葉も洩《も》らされたのでございます。私はこれまで本庄の殿様に何度もお目にかかっておりますが、あのような言葉を吐かれたのは初めてのことにございます」

「それはなぜか。若輩者の私にはそのような言辞を弄《ろう》しても大事ないと思われてのことか」

「いえ、そうではございません」

「ではなぜか」

と重ねて総兵衛が、鳶沢一族の女衆《おなごし》の実質的な頂点に立つおりんに尋ねた。

「城中で家斉様のご寵愛をよいことに本郷康秀様があれこれと差し出口なされ

て、幕閣のあちこちに差し障《さわ》りを生じさせておるということではございますまいか」

「御側衆とはそれほど幕府の中で力を有するものか」

「御側衆とは実にあいまいな呼称にございまして、上様のお近くに仕える七千石高の直参旗本なれば御側衆と自称してもなんの差しさわりもございますまい。されど幕府の職階にてらして明確にだれとだれが御側衆に任じられたとはいえません。ただし御側用人となれば将軍家の代弁者ゆえ、時に老中よりも権限が大きいこともございます、むろん立派な役職身分にございます。ただ今の本郷様は、一御側衆でありながら、柳沢吉保《よしやす》様や田沼意次《おきつぐ》様のような絶大な御側用人の権限をしっかりと己のものになされようとしておられます。本庄の殿様方はこのことを危惧《きぐ》されておられるのではございませんか」

「おりん、本郷様がこと、よう得心できた」

と総兵衛が礼を述べ、

「そろそろお暇《いとま》いたそうか」

と奥座敷に立ち上がった。

大黒屋に総兵衛とおりんが戻ってきたとき、表から怒鳴り声がしていた。

「大番頭さんよ、昨夜はこちらの旦那《だんな》に絡《から》まれてえらい目に遭ったぜ。いいご身分だな。吉原の三浦屋へ登楼だと、けっ、こちとら、四宿のすべた女郎にも久しく接してないぜ」

「竈河岸の親分さん、大所帯の主《あるじ》ともなると、あれでもあちらこちらに気を遣いましてな、時に息抜きをせぬと気の病にかかります。まあ、うちの旦那《だんな》は若いのです、夜遊びくらい大目に見て下さいな」

総兵衛が夏羽織を脱ぐと、いかにも離れの自室から出てきた体《てい》で、

「大番頭さん、昨日の売り上げはどうなっておりますか」

と帳場格子《ごうし》の光蔵に呼びかけ、

「おや、竈河岸の親分さんではございませんか」

と穏やかな視線を御用聞きに向けた。

「おや、昨晩はご機嫌でございましたね、旦那」

「えっ、私が昨夜お目に掛かりましたか」

「どちらでお目に掛かりましたかね、記憶に全くございませんので」

「ちえっ、覚えていないのかい」

「冗談じゃないぜ、あれだけのろけまくったじゃねえか。なんでも三浦屋の花魁《おい》桜香《らんさくらか》といい仲とかなんとか、うそぶいていたじゃねえか」

「店には奉公人もおります、主がそれでは示しがつきません。そのようなことがあろう筈《はず》もございませんし、大声で言わないでくださいましな、親分さん」

と総兵衛が慌《あわ》てたふりをした。

「大黒屋の主が奉公人風情《ふぜい》に気兼ねすることもあるまいじゃないか。おまえさんがちゃんと手代の猫を連れて、吉原《なか》の三浦屋の桜香の座敷に上がった裏はとれているんだよ」

と角蔵が嘯《うそぶ》いた。

総兵衛が頭を抱えて、

「参りましたな、親分さんにそこまで見抜かれていてはなんとお答えしてよいか。それにしても昨夜、親分さんとどこでお会いしたのやら」

と角蔵を見た。

「猪牙舟《ちょきぶね》の船頭の猫の腰がふらついて、おれの船にぶつけてきたじゃないか」

「えっ、そんなことが」

と思案する体の総兵衛が、

「あっ、思い出しました」

「ほれ、見ねえ。やっぱりおれと会っているんだよ」

「親分さんは汚わい船に座って、煙管《きせる》を吹かしておられましたな」

総兵衛が左の掌《てのひら》を右の拳《こぶし》でぽーんと打つと、大声を上げた。そこへ、

「おや、親分さん、夜中に汚わい船で煙草《たばこ》を吹かす道楽がございますので」

と光蔵が口を挟んだ。

「うるせえ、御用なんだよ」

「えっ、汚わい船に乗って御用ですと、お上の用を務めるのも並大抵な話ではございませんな。して、御用の筋はどちらにございますな」

「そりゃ、当たり前のことだ」

と思わず答えかけた赤鼻の角蔵が慌てて、

「御用のことをそうべらべらと喋《しゃべ》れるものか。おりゃ、忙しい身だ。むだ話に

は付き合いきれねえよ」

　といきなり立ち上がった。

「茶も出さずに申し訳ございません」

「大番頭さんよ、おまえさんは薬草を育てて薬にするのが道楽というじゃないか。とりかぶとを煎《せん》じた茶なんぞ飲まされるかしれねえや、こっちからご免蒙《こうむ》るぜ」

　と嫌味を言い残した角蔵が表に待たせていた子分どもを引き連れて、大黒屋を出ていった。その背を見送っていた総兵衛と光蔵の耳に、

「五助、汚わい船なんぞを雇うから、おれの男が下がったじゃねえか。今晩はましな船を雇ってこい」

「えっ、また大黒屋の見張りかい、親分」

　という言葉が聞こえてきた。

「あれでようも御用が務まりますな」

　と光蔵があきれ顔で呟《つぶや》き、総兵衛が、

「大番頭さん、一番番頭さん、ちょいと奥へ」

と言い残して店から消えた。

総兵衛の居間に大黒屋の幹部二人が姿を見せたとき、おりんが茶を淹《い》れたところだった。

「本庄の殿様にお目にかかることができた」

と前置きした総兵衛が本庄義親との話し合いと、その後、おりんと交わした話を含めて二人に報告した。

話が終ってしばし座に沈黙があった。

「おりんではないが、本庄の殿様がそこまではっきりと踏み込んで発言なされることはこれまでなかったことです」

光蔵が言いきった。

「それだけ幕府の中で本郷康秀様のお力が強くなったということではございますまいか」

と信一郎が応《こた》え、

「幕閣の中で権力を巡って険しい戦いが行われてきたのはいつものことでござ

いましょう。本郷康秀様が影様でなければ、私どもが口をはさむことはございません。されど本郷様は影様でありながら、表舞台へと姿を晒《さら》されようとしておられる」

「そこがいささか目障りですな」

と光蔵が言いきった。

「大番頭さん、影はその名のごとく影に徹するべきと申されますので」

「おりん、顔を世間にさらす機会が多くなればなるほど影の正体が世間に知れるということです。われら、影様の命に従うべき鳶沢一族にとって決して好ましいことではありますまい」

「大番頭さん、本郷様は機転のきく御側衆にございます。その方がなぜ影の身分を危険に晒してまでこう表舞台に立とうとなされるのか」

「人の関心を惹《ひ》きたいのは人間の欲望の一つにございます」

とおりんが応えた。

「それだけであろうか、おりんさん」

と信一郎が問い返した。

「あと考えられることはなんでございましょう」

おりんの自問めいた言葉のあと再び沈黙があった。

「影が影の立場を越えて、われら鳶沢一族の秘命までをも狙《ねら》おうとしているのではないか」

「大番頭さん、これまでも何度かこのことは私どもの間で議論がなされましたな」

と信一郎が呟き、

「影様の行動は鳶沢一族の存亡にかかわることです」

と言い足した。

「信一郎、影様がわれらをないがしろにすること自体、すでに影様の資格はない。そうは思わぬか」

と応じた光蔵の視線が、沈黙を続ける総兵衛に向けられた。

「光蔵、信一郎、おりん、本庄の殿様に約束したがごとく、こたびの本郷様の日光代参に私が密《ひそ》かに従う。そして、われら一族を危うくする言動が見えたとき、始末を致す。それでよいな」

総兵衛の決断に三人の幹部はしばし沈思で応《こた》え、

「お願い申します」

と光蔵が賛意を示したあと、信一郎とおりんがはっきりと頷《うなず》いて、総兵衛の日光密行が決まった。

三

その夜、総兵衛は光蔵を師匠にして日光東照宮の成り立ちや現在の様子の講義を受けていた。二人の間には鳶沢一族が独自に作った『日本五街道絵図』が広げられていた。

「総兵衛様、江戸の日本橋を起点にした主たる街道を五街道と申します。すなわち、東海道、中山道《なかせんどう》、日光街道、甲州街道、奥州街道ですが、このことはもはやとくと承知のことにございますな」

総兵衛は光蔵の説明を書きとめようとはせず、若い記憶力に沁《し》み込ませようと集中していた。

「さて、歴代の将軍家の日光社参の概要は昨日もお話し申しましたが、八代将軍吉宗様の享保《きょうほう》十三年（一七二八）の折以来、その日程を踏襲することになっております。家康様の命日の四月十七日より四日前の十三日に江戸城を出立し、一行は神田川を越えると日光御成道《おなりみち》を通ってこの夕刻に岩槻《いわつき》城下に入り、岩槻城に宿泊し、翌日の十四日には古河《こが》、十五日には宇都宮にと城中に泊まりを重ね、十六日に日光に入ります。おそらくこたびの本郷康秀様の一行もこの日程と行程を辿《たど》ると思われます。ですが、将軍家は譜代大名の城に宿泊しますが、本郷様は名代にございますれば岩槻、古河、宇都宮城下の本陣に泊まるものと思われます。今のところ本郷様がいつ出立なさるか分かりませんが、江戸を出て、三泊四日の旅程をきっちりと守るものと思われます」

と光蔵が絵地図を見ながら、講義を続けていると庭に突き出た総兵衛の居館への廊下に足音がした。

光蔵は話を止め、足音が近づくのを待った。

足音は二つ、一つは女の足音と光蔵は判断した。

「総兵衛様、大番頭さん、ちょっとお話が」

と信一郎の声がした。

「入りなされ」

刻限は四つ（午後十時頃）を過ぎた頃合いだ。

奉公人は寝床に就いていた。となると異変が起こったと見たほうがいい。

光蔵は緊張した。総兵衛も静かに信一郎が入室するのを待った。

障子が開けられ、信一郎が姿を見せた。もう一つの足音の主は障子の陰に控えた。

「なんぞ異変が起こりましたか」

「大番頭さん、いかにもさように察せられます。ただ今、いねが地下道を使って雉子橋《きじばし》北側の本郷屋敷より戻ってきました」

「障子の陰にいるのはいねですな、こちらに通しなされ」

と光蔵に命じられ、信一郎がいねに声をかけると、顔面が引き攣《つ》ったいねが姿を見せた。

ふだん担《かつ》ぎ商いに扮《ふん》して江戸市中から江戸外れを行商しつつ、情報を集めているためにいねの顔は日に焼けていたが、化粧っけのない顔は整っていた。その顔が引き攣っている。

「どうした、いね」

「大番頭さん、千造が敵の手に落ちたものと推察されます」

「なにっ、千造が敵方に落ちたとな」

「はい」

「事情を話しなされ」

その時、静かにおりんが部屋に入ってきて、

「いねさん、茶を喫しなされ」

いねの前に茶碗《ちゃわん》を置いた。

「おりんさん、頂戴《ちょうだい》します」

額に汗を掻《か》いたいねが断り、喉《のど》を潤《うるお》した。

「申し上げます。本日、本郷康秀様は登城の様子なく、朝から客が頻繁に屋敷を訪れておりました。千造は、客が主《あるじ》の居室に通るたびに床下やら天井裏に忍び込んで、聞き耳を立てておりました。二組目の客が戻り、千造は私どもが住まいに許された長屋に戻ると、私にこう言いました」

「いね、この家の主はなかなかしたたか者だな。城中ばかりかあれこれと手広く網を張っておられる」

「どういうことだい、おまえさん」

「一組目は日光代参に随員として同行する目付衆藤堂静衛様であったがな、二十数人の目付衆を三人に強引に減らされた」

「おや、御城で随行を命ぜられた目付衆は得心したかえ」

「将軍家代参にございますれば、それなりの威儀を正すべきではと主張されたが、あっさりと本郷様に、よい、こたびのことはいささか秘命を帯びておるゆえ同道の者は少なくして迅速軽快の行動を旨《むね》とする、このこと、上様にお断りしてあると、あっさりと一蹴《いっしゅう》されたのさ。藤堂様はそれではわれらの役目が成り立ちませぬと反論なされたが、用は終わった、という本郷の一言で下げさせられたぜ」

「二組目はだれでしたね」

「両替商百一人の総行事一番組板倉屋嘉兵衛《かへえ》と湯島天神の禰宜《ねぎ》井上清武の二人だ」

「ほう、おもしろい取り合わせだね」

「こたびの日光代参の費えは板倉屋嘉兵衛が出すそうな、その代わり、湯島天神で日光東照宮の修復費用供出の名目で富籤《とみくじ》興行がこの二人に許されるそうな、それも富籤大一番は二千両というのだ。こりゃ、江戸じゅうがひっくり返る騒ぎになるぜ」

「そんな力をこちらの主はお持ちかね」

「本来ならば谷中《やなか》感応寺、湯島天神、目黒滝泉寺の三か所の三富をはじめ、臨時に富籤興行が許される両国回向院《えこういん》などを監督差配するのは寺社奉行よ。それが御側衆の本郷様が取り仕切るというのも訝《いぶか》しい話よ」

「……と話した千造は耳にしたことを薄紙に細字で筆記して私に持たせました。これにございます」

いねが差し出したのは吉兆を占う御札のような、小さな巻紙だった。それを光蔵が受け取り、ちらりと視線を落としたが、

「千造の姿が見えなくなったのはいつのことです」

いねに話の先を催促した。

「夕刻前、本郷屋敷の奉公人は、長屋から出ることを禁じられました。家来方も緊張した様子でこたびの日光行きに雇われた気楽流蛭川永之進《ひるかわえいのしん》の腹心の大野丸一学ら七人が門前の警戒にあたっておりました。私どもの長屋からちらりと見えたのは女乗り物にございました。そこで千造が闇《やみ》に紛れて床下に忍び込んだのでございます。それから一刻《とき》(二時間)ほど過ぎた頃合い、奥で騒ぎが起こりました。その瞬間、千造が見付かったのだと思いまして、私は予《かね》てよりの千造との手はずどおりに長屋を出ると炭小屋に身を潜めました。屋敷じゅうが大騒ぎとなる中、本郷屋敷の客人は早々に立ち去られたのでございます。そのあと、半刻ほどのちに隙《すき》を窺《うかが》って屋敷を出てきました」

いねが報告を終えた。

「いね、あとをつけられてはいませんな」

と光蔵が訊き、信一郎が、

「ただちに雄三郎らに富沢町界隈《かいわい》を回らせております。ただ今までつなぎが入らぬところをみるとそれはないものかと思います」

といねに代わり応じた。首肯した光蔵が、

「千造が敵方の手に落ちたとなると、即刻救い出す仕度にかからねばなりませんぞ」

「そのことも同時に参次郎を頭に船で雉子橋北側小川町の本郷屋敷に派遣してございます」

「後見、そなたが出張る要はないか」

と総兵衛が催促するように尋ねた。

「参次郎らの使いが戻ってきて報告をなすことになっております。私が出るのはそれからでよかろうと存じます」

信一郎の答えを聞いた総兵衛が頷き、光蔵が、

「いね、下がっておりなされ、千造のことは私どもが最善を尽くして救出いたしますからな」

はい、と畏《かしこ》まったいねが下がりかけて、敷居際《ぎわ》で思い留《とど》まり、

「総兵衛様に申し上げます」

「なにか、いね」

「千造は瘦《や》せても枯れても鳶沢一族の血筋、身の処し所は心得ております。死をもっても鳶沢の秘密を必ずや守るはず、もし千造が敵方の手に落ちたのなればもはや千造は生きてはおりませぬ。千造救出に無理をなさることはございませぬ、また私どもが何者か知る手掛かりを長屋になに一つ残しておりませぬ」

いねが言い切って、頭を下げた。

「いね、よう言うてくれた。されど千造が死んだと決まったわけではない、われらには一族の者を見捨てることはできぬ。命を賭《と》して救う使命がある、このことは総兵衛に任せよ」

「はっ、はい」

と返答したいねが大黒屋の主の居館を去った。

光蔵は千造が残した薄紙を信一郎に渡して、

「解読しなされ」

と命じた。信一郎が速読して、

「ただ今いねが話した以上のものはございません」

と総兵衛に報告した。

「総兵衛様、千造の救出には時間がかかりましょう。千造がかように書き残したものといねの話をどう思われますな」

と光蔵が総兵衛に尋ねた。

「どうやら日光代参は家斉様のお気持ちというより御側衆《おそばしゅう》本郷丹後守《たんごのかみ》康秀どのの思惑があってのことと思うが、いかに」

総兵衛の言葉に光蔵、信一郎、おりんの三人が同時に頷《うなず》いた。

「日光代参の費えが両替商総行事板倉屋から出て、その代わりに湯島天神で臨時の大富籤が許されるとは、寺社奉行はようも許されましたな。もし老中松平信明様方がご承知でないとするならば、寺社奉行をなんとも手ひどく踏みつけにしたものです」

「本郷様はわれらが考える以上に城中に力を持っておられるのではないでしょうか」

「信一郎、それはな、本郷めが巧妙に家斉様の名を利用しておるからですよ」

「大番頭さん、それは確かなことにございましょう。ですが、それだけではこのような算段ができるものでしょうか。目付の随行を最低限度にするなど専横も甚《はなは》だしゅうございます」

と信一郎が言い切った。

渡り廊下に人の気配がした。

「雄三郎にございます」

「報告せよ」

と信一郎が命じた。

「いねさんが尾行された様子は窺えませせぬ」

「分った」

と答えた信一郎が、

「今晩は寝ずの番だ、警戒を解くではないぞ」

と命じて、畏まった雄三郎が総兵衛の居館から姿を消した。

「改めて私の考えを述べる。こたびの本郷様の日光代参、われらが影様の正体にも関わることだ、ために私が密《ひそ》かに尾行いたす」

「総兵衛様、同道を許して下さい」

信一郎が即座に申し出た。

「後見、そなたには秋に異国への交易に出る巨船二艘《そう》の荷集めの大仕事がある。この際、私は本郷様の代参道中に導かれながら、この国を見ておきたいのだ。連れは一人か二人で十分」

と言い切った。その語調には熟慮した結果であることが込められていた。

「総兵衛様、だれを連れていきますな」

「だれか一族の中で日光道中に詳しい者はおらぬか」

「下野《しもつけ》に詳しいのは担ぎ商いの百蔵《ひゃくぞう》の父《とっ》つぁんですよ。千造の叔父にもあたります。齢《とし》は六十前ですがなかなかの健脚で一日十里（約四〇キロ）は軽くこなします」

「ならば百蔵に願おう」

と総兵衛が頷き、光蔵が目顔でもう一人はだれにするか尋ねていた。

「小僧の天松を連れていっては店に迷惑かな」

「総兵衛様、近頃天松は体もしっかりとしてきましたし、思慮も備わったように思います。よき人選かと存じます」

信一郎が総兵衛の考えに賛意を示した。

「日光行きの事態がどう転ぶか分からぬが、無事にお役が果たせるならば、下野に限らず古着の流れや木綿の作付け、織などを各地を回って見てきたいのだが」

「それなれば百蔵が心得ておりますよ」

光蔵が言い切り、総兵衛の初旅に百蔵と天松の同行が決まった。

「総兵衛様の旅はどれほどの日数を要しましょうかな」

と改めて光蔵が主に訊いた。

「大番頭さん、ひょっとしたら本郷様の道中は七、八日で終わるかもしれぬし、あるいはもそっと長引くかもしれぬ。影様に同道しておるのだから、われら鳶沢一族にお呼び出しはあるまい」

と総兵衛が江戸を不在にする最大の懸念《けねん》をこう言い切った。

「いかにもさようです」

総兵衛と光蔵の会話を聞いていた信一郎が、

「総兵衛様、イマサカ号と大黒丸の加賀金沢と若狭小浜行、いつ出立致しましょうか」

と話題を変えた。

「航海中に訓練を重ねることを考えれば、出来るだけ早く出立するのがよかろうと思うがどうか」

と総兵衛が光蔵に尋ね返した。

「富沢町はこの光蔵にお任せ下され。荷集めは信一郎が頭分でいくことで宜《よろ》しゅうございますな」

とこんどは反対に光蔵が総兵衛の考えを伺った。

「後見に願おう」

「先ほど総兵衛様が仰《おっしゃ》られた各地を回って見たいとのお話、むろん日光の決着次第にございますが、日光から越後に出られて、各地の古着や織物などを見物されてはいかがにございますか。越後から佐渡は木綿の織も古木綿の流通もございます、きっと総兵衛様によい経験になるかと存じます」

「越後から佐渡か。興味深い旅になりそうだな」

「今一つ、こたびのイマサカ号と大黒丸の荷集めには大きな意味がございます。十代目総兵衛様の加賀金沢の豪商御蔵屋さんと京のじゅらく屋さんへの挨拶《あいさつ》のありなしでは、こんごの交易に大きく影響して参りましょう。私ども海路組と総兵衛様方陸路組がおよそ一月先に金沢あたりで落ち合うことができれば、万事好都合にございますがこの一件、いかがにございますか」

「信一郎、いかにも万事好都合ではありますが、まず本郷様の日光代参の首尾次第によって、総兵衛様が越後に遠出ができ、イマサカ号・大黒丸との合流ができるかどうかが決まりましょうな」

と光蔵が言った。

「不確かなことが重なっておるのは致し方あるまい。目先の事態を解決していくしかなかろう。事がうまく運べば、私が御蔵屋さんとじゅらく屋さんにご挨拶もできるし、また荷を積んだ帰路、二艘体制で乗り組んだ一族の者たちの練度を知ることもできよう、まずは一つひとつ」

それが総兵衛の答えだった。

この夜、総兵衛と幹部連の間で鳶沢一族の今後の予定の合意がなった。

夜は更《ふ》けていったが本郷屋敷に出張っている参次郎らからの繫《つな》ぎは入らなか

った。待つしかない。

ただひたすら大黒屋の全員が息を潜めて待った。

八つ（午前二時頃）が過ぎた頃合い、富沢町に犬の遠吠《とおぼ》えが響き渡った。夜の空気を震わして、なにかが起こる気配が総兵衛の居館に伝わってきた。

大黒屋じゅうに緊張が走り、信一郎は大戸が下ろされた店に出た。するとそこには大黒屋の奉公人たちが海老茶《えびちゃ》の戦衣を身にまとい、各々《おのおの》が得物を手に静かに待機していた。その中にはいねの姿もあった。

遠くから櫓《ろ》の音が響いてきた。

櫓の音は龍閑川《りゅうかんがわ》の方角から入堀へと向かってきていた。

竜閑川は入堀が橋本町で北西から左へと鉤《かぎ》の手に曲がった先、御堀に合流する竜閑橋辺りまでの異名だった。

大黒屋の船着場を櫓の音が密やかにも急ぎ通り過ぎていく。

どぼん
と水音がして、なにかが入堀に投げ込まれた気配があった。

「灯りを仕度せよ」

着流し姿の信一郎が臆病窓《おくびょうまど》の嵌《は》め込まれた通用戸を開けて、表に出た。するとすぐ後ろに天松が提灯《ちょうちん》を手に従ってきた。またそのあとをいねや一族の面々が無言でついてきた。

小伝馬町《こでんまちょう》のほうから人が接近する規則正しくも静かなる気配が伝ってきた。

信一郎が見た。

黒衣の集団は本郷屋敷に出張らせていた参次郎らだった。

信一郎は船着場に下りた。

天松の掲げる提灯の灯りが入堀の水面を照らし付けた。するとざんばら髪になった男の骸《むくろ》が俯《うつぶ》せに浮かんでいた。

「千造さんだ」

と天松が体付きを見て呟《つぶや》き、

「おまえさん」

と囁《ささや》くいねの声と重なった。

四

千造の亡骸《なきがら》が大黒屋に運ばれ、板の間に横たえられた。体には凄《すさ》まじい暴行の痕《あと》が残されていた。血塗《ちまみ》れの顔は歪《ゆが》むほどに殴られ、両眼は潰《つぶ》れていた。手足の爪《つめ》は剝《はが》され、体じゅうに傷跡が重なり合ってあった。

「おのれ、許せぬ」

一番番頭の信一郎の口から憤怒《ふんぬ》の言葉が洩《も》れた。それは大黒屋の奉公人、いや、鳶沢一族すべての者の怒りを代弁していた。

総兵衛は、じいっと哀しみに耐えて体を震わすいねの肩を抱き寄せ、

「いね、哀しければなぜ泣かぬ。体が怒りに震える前になぜ喚《わめ》かぬ。このような時こそ、人は涙を流し、哀しみを紛らわすことが許されておるのだぞ」

と話しかけた。

いねが長い腕で肩を抱き寄せた主《あるじ》の総兵衛の顔を見上げて、顔を横に振った。

「総兵衛様、私どもは鳶沢の人間にございます。哀しみにも苦しみにも耐え忍ぶように物心ついた時から親に言い聞かされて育ち、江戸に出てきたのです。

かような目に遭《お》うた時こそ、耐えよ、我慢せよとおっ母さんに言い聞かされて育ってきたのです。鳶沢の女は涙をため、哀しみを隠して、この仇《かたき》を仲間が討つのを待つのです。泣くのは弔いが済み、独りになったときです、それはずうっとあとのことです」

「いね、総兵衛には未《いま》だその気持ちが分からぬ。私はそなたの頭領としてやっていけるのであろうか」

若い総兵衛の口から正直な言葉が吐露された。

年上のいねが総兵衛の真っ正直な気持ちを受けて、

「十代目はだれよりも立派な頭領におなりになれます。そのためには千造の仇を討ってくだされ」

と願った。

「いね、討たいでか」

総兵衛の顔から憤怒と哀しみの感情が消えた。

「信一郎、だれが千造をかような目に遭わせた」

「千造さんを船着場に投げ捨てた一味の船を早走りの田之助が追っております。

本郷邸のある小川町に戻るなれば日本橋川に入って御堀を雉子橋際《ぎわ》に着けるか、あるいは大川を遡《さかのぼ》って神田川に入り、水道橋付近で船を捨てるか二つに一つにございましょう。いずれにしても田之助が必ずや、奴《やつ》らが戻った先を突き止めます」

「田之助一人か」

「いえ、手代の満次郎が従うておりますゆえ、もうしばらく繋ぎをお待ち下され」

と二番番頭の参次郎が願い、

「ご報告いたします」

「申せ」

「われらが本郷屋敷に到着したとき、すでに千造さんはこと切れていたと思えます。われらが本郷屋敷に潜り込む算段をしている鼻先に裏門が開かれて、千造さんの亡骸が運び出されて雉子橋へと運ばれ、船に乗せられたのでございます」

「千造に無理をさせましたかな」

と漏らす光蔵の語調に後悔があった。

「大番頭さん、江戸店に上がってきたばかりの小僧でさえ恐怖に耐えて務めを果たすことをわきまえております。千造は一族の者なれば本分を果たしただけにございます。千造の判断に間違いがあったとは思えません」

いねが言い切った。

「いね、いかにもさようでした」

光蔵がいねに詫《わ》び、信一郎が千造の亡骸の傍らに膝《ひざ》をついた。しばらく千造の顔を眺めていた信一郎が懐《ふところ》から手拭《てぬぐ》いを出した。するとおりんがぬるま湯を張った桶《おけ》を差し出した。信一郎が手拭いを浸して軽く絞り、黙って顔の血を拭った。そして、手拭いを桶の湯で洗うとぬるま湯が血に染まった。

「許しはせぬ」

信一郎の口から怒りが再び洩れた。

「一番番頭さん、千造さんの口を」

とおりんが注意を口に向けた。

千造の口は固く食いしばられ、口の端から一筋血が伝い流れていた。

「おお、そうであったな」

と信一郎が気付き、

「千造さんや、もはや口を緩めなされよ。ここに集うのは一族の頭領に朋輩《ほうばい》じゃぞ」

と言い聞かせると、思いなしか口元が緩み、微笑が浮かんだように感じられた。

信一郎が千造の口を開こうとすると骸が素直に従い、口が開けられた。すると、どろどろと血が流れ出した。

「総兵衛様、大番頭さん、千造さんは最期《さいご》を悟り、舌を嚙《か》み切って自ら命を絶ち、一族の秘密を守られました」

と報告した。

「うむ」

信一郎が口内を探り、舌の裏側から覗《のぞ》いた小さな巻紙を摑《つか》み出した。血に濡《ぬ》れた巻紙を開くと、囚《とら》われる前に急ぎ書き残したものか、

「江戸出立、五月七日」

とあった。

「これを」

と信一郎が総兵衛に見せた。

「日光代参の本郷康秀どのが江戸を出立する日付であろうな」

「その他に考えられません」

と傍らから光蔵が言った。

「三日後か」

「三日の余裕がございます」

信一郎が千造の傍らから立ち上がりながら言った。

千造の仇を討つには十分な日にちだった。

「うむ」

と応じたとき、いねが、

「総兵衛様、千造の体、浄《きよ》めてようございますか」

「頼む」

と総兵衛が願い、いねを始め、おりんら鳶沢の女衆《おなごし》が戸板に横たえられた骸を裏の井戸端へと運んでいった。

「大番頭さん、一番番頭さん、まずは千造の仇討を先にして動いてくれ」

総兵衛が念を押し、

「承知しました」

と光蔵が応じた。

その時、通用戸が開いて、するりと手代の満次郎が姿を見せ、総兵衛の傍らに片膝をついて控えた。

「屋敷に戻ったか」

「いえ、あの者たち五人、深川大新地の大栄楼に上がりましてございます」

「なにっ、深川とな」

総兵衛が訝《いぶか》しい表情を見せた。

「総兵衛様、江戸には官許の吉原を始め、いくつも岡場所がございます。吉原に次いで格式が高いとされるのは品川、内藤新宿、板橋、千住の四宿にございますが、深川にも安直に遊べる遊郭がございまして、深川大新地は越中島《えっちゅうじま》にある悪所にございます」

光蔵が異郷生まれの総兵衛に掻《か》い摘《つま》んで説明した。

「千造を手に掛けた連中は妓楼《ぎろう》に上がったのだな」

総兵衛が汗みどろの満次郎に質《ただ》した。

「はい。本郷様の屋敷で雇われた剣客は、気楽流の蛭川永之進を頭分に十数人と、さらに数日前、水府一刀流城戸陣八郎ら五人が雇われ、千造さんを捉《とら》えたのがこやつら五人にございます」

「総兵衛様、そやつら、千造を摑まえた褒美《ほうび》に一夜の歓楽を許されたようですね」

と光蔵が腹立たしげに吐き捨てた。

「一番番頭さん、この五人に朝の光を見せてはならぬ」

と総兵衛が言い切った。畏《かしこ》まった信一郎が、

「私の他に満次郎に天松、あちらに待ち受ける田之助を加えた四人が総兵衛様に従い、始末に入りますが宜《よろ》しゅうございますな」

「後見、よかろう」

と総兵衛が即答し、

「信一郎、そやつらの始末にもう一艘《そう》、助っ人船を従えなされ。その船頭は坊《ぼう》

度に入った。

「主《ず》の権造《ごんぞう》にしなされよ」

と光蔵が命じて、二艘目の助っ人船に荷運び頭の権造が命じられ、直ちに仕

四半刻《しはんとき》（三十分）後、二艘の早船は永代橋を潜《くぐ》ると大川河口左岸の越中島へ

と向けられ、深川に縦横に開削された堀の一つに姿を消した。

もう一刻（二時間）もすると夜が白む。

「後見、深川大新地とはどのような悪所か」

「新地の名が示すとおり、埋め立てられた地に享保《きょうほう》十九年（一七三四）ごろよ

り女郎を置いた遊郭が軒を連ねるようになりました。この大新地、南に海を臨

んで楼上よりの眺めは大層ようございまして、晴れておれば房州の遠景も行き

交う千石船も目の当《ま》たりに望めるところにございます。御免色里と吉原が江戸

一番の格式を誇ったところで、大新地の楼上から見渡せる景色には敵《かな》いません。

粋人は、『北国《ほっこく》の傾城《けいせい》より深川大新地に勝るものなし』として通うとか。ため

に近頃では船通楼《せんつうろう》、百歩楼《ひゃっぽろう》、大椿楼《だいちんろう》など吉原の大見世を凌《しの》ぐ建物の大楼が賑《にぎ》や

かに商いをしておりますとか。大栄楼もその一軒にございます」

と信一郎がたちどころに説明した。

堀に武家方一手橋が見えてきた。すると橋の上に影が立ち上がり、一艘目の船の舳先《へさき》に、
ふわり
と下りてきた。

田之助だった。

黒衣の忍び装束の一行の中にあって、総兵衛だけが勘平霰《かんぺいあられ》の小袖《こそで》に同じ柄の筒袴《つつばかま》を穿《は》いて、腰に三池典太光世《みいけでんたみつよ》を差し落としていた。

勘平霰は別名、鉄砲あられともいい、歌舞伎《かぶき》の『仮名手本忠臣蔵《かなでほんちゅうしんぐら》』五段目で早野勘平が着ていた霰模様である。渋い地に鉄砲の弾が散ったようでもあり、富山の薬売りの丸薬を散らしたようにも見えた。

「総兵衛様、城戸陣八郎ら五人、大栄楼の海を臨む部屋の客を追い出して強引に入り込み、最前まで一緒に酒を呑《の》んでおりましたが、ただ今は各々《おのおの》が女郎とそれぞれの座敷に入りました」

「城戸陣八郎らが千造を死に追いやったとみてよいな」

「間違いございません。入堀から大川に出る折、船上から『人ひとり摑まえて責め殺した報償が深川の女郎屋に登楼とは悪くない。日光への道中が楽しみじゃぞ』と大声で喚《わめ》く声が聞こえてきました。千造さんを殺した連中に間違いございません」

「田之助、千造を殺したのは奴らではない」

「と申されますと」

「死を覚悟した千造は自ら舌を嚙み切って死んだのだ」

「なんと、千造さんは」

と田之助が絶句した。しばらく沈黙していた早走りの田之助が、

「総兵衛様、千造さんは生死を自ら決め為《な》されたが、死に追い込んだのは間違いなく奴らにございます」

と言ったものだ。

「いかにもさよう、ゆえに仇を討つ」

と総兵衛が言い切り、

「田之助、満次郎、天松、この信一郎、そして総兵衛様の五人が各座敷に踏み込む、あまり楼を騒がせてもいかぬでな、一気に始末する。始末するのは城戸ら五人の者だけ、遊女に怪我をさせてもならぬ。相分かったな」

と信一郎が田之助に言い、

「案内せよ」

と命じた。

「はっ、はい」

と張り切った田之助が、

「坊主の権造さん、船を楼と楼の間の水路に入れて、海に出て下され」

と願った。

二艘の船が狭い水路を抜けて海に出ると、どこからともなく客に応《こた》えて遊女の悶《もだ》える声が響いてきた。

二艘の船はさらに東に向かい、二軒ほど先に大栄楼の建物がほんのりと浮かんでいるのが見えて、田之助が、

「二階に灯《とも》りが灯る座敷が五つ並んでおります。真ん中の灯りが頭分の城戸陣

八郎の収まった座敷にございます」

「私が忍び込む」

総兵衛らが乗る船が大栄楼の石垣下に着けられた。助っ人船に舫《もや》い綱が渡され、五人が手拭いで顔を隠すように覆《おお》った。

「ちょいとお待ちを」

と天松が総兵衛らに断ると、すでに仕度を終えていた鉤《かぎ》の手付きの縄をぐるぐると回すと一番端の座敷の手摺《てすり》に鉤の手を引っ掛けた。二代目綾縄《あやなわ》小僧の面目躍如、なんとも手際《てぎわ》がよい縄遣いだ。

きゅっきゅっ、と縄を引っ張って確かめた天松がするすると二階へと上がっていった。その背には四本の縄が輪にして巻かれていた。二階の手摺下に登りついた天松は、手摺伝いに横へと動きながら、各座敷の手摺に縄を結んでは次々に垂らしていった。

瞬《また》く間に四本の縄が海面へと垂れて、総兵衛ら四人がそれぞれ縄を摑んだ。

総兵衛が従う三人に無言の命を送ると、信一郎らも直ちに縄を伝って登り始めた。

坊主の権造らは、二階座敷の手摺に手をかけて待つ天松を除いた四人が蓑虫《みのむし》のように縄を伝い上がるのを見ていた。

四人はほぼ同時に天松が待つ二階の手摺に手をかけ、真ん中に立つ総兵衛が障子を開いて座敷に飛び込むのと同時に、四人がそれぞれの持ち場に姿を消した。

有明行灯《ありあけあんどん》が灯された座敷では裸の城戸陣八郎が緋《ひ》の長襦袢《ながじゅばん》の遊女を大きな体の下に組み敷いていた。

「お、おまえさんは」

と遊女が驚きの声を上げた。

「静かにせよ、そなたには危害は加えぬ」

若い遊女ががくがくと頷《うなず》いた。

総兵衛の声にごろりと遊女の体の上から横に転がった城戸が壁に立てかけてあった黒鞘《くろざや》の剣を摑んで、上体を起こすと、

「何奴《なにやつ》か」

と誰何《すいか》した。

「おれの胸に訊《き》けじゃと。心当たりが多すぎて見当もつかぬわ」

刀を摑んだ余裕か、城戸が裸の背をじりじりと壁に寄せかけて立ち上がりかけた。

「己の胸に訊け」

「今宵《こよい》のことよ」

「なに、屋敷の床下で摑まえた奴の仲間か。もしや」

「城戸陣八郎、その先を口にするでない」

「おのれ」

と叫んだ城戸が一気に立ち上がり、黒鞘に収まった剣を抜き上げると、

「ひえっ」

と遊女が悲鳴を上げた。

「騒ぐでない、耳を両手で塞《ふさ》ぎ、眼をかたく瞑《つむ》っておれ」

総兵衛の命に遊女が従い、両眼を瞑ると両手で耳を塞いだ。

「大黒屋総兵衛とは何者だ」

「死出の旅路に向かうものが知ったところで詮《せん》がないわ」

「しゃらくさい」

と城戸陣八郎が左手の鞘を捨てると、総兵衛に斬《き》りかかっていった。

鳶沢一族の頭領たる証《あかし》の三池典太を抜くこともなく、
ふわり
と水府一刀流の斬り込みを躱《かわ》すと、体を入れ替えた。

城戸がくるりと反転して総兵衛が忍び込んできた海側の窓を背にした。

「商人は商人らしく大人しくしていればよいものを」

総兵衛の口から次の言葉が洩《も》れた。

「死んでもらう」

隣座敷から、
げえっ
という押し殺した声が洩れてきた。

信一郎が城戸の配下を始末した声だった。

「おのれも仲間のあとを追え」

という総兵衛の声を聞いて、城戸陣八郎は腰が据わった袈裟《けさ》がけを見舞いながら踏み込んできた。

総兵衛は相手の動きを見つつ、腰の一剣、

「葵《あおい》典太」

を抜き放つと喉元《のどもと》に送り込んだ。

行動は総兵衛の方が数拍遅かった。だが、そよそよと戦《そよ》いだ風に乗ったような典太の切っ先が、
ぱあっ
と城戸陣八郎の喉を掻《か》っ捌《さば》いたのが先だった。

両眼を大きく見開いた城戸陣八郎の腰が落ちて尻餅《しりもち》を突くように後退し、手摺にぶつかって裸の巨体が後転すると姿を消した。

総兵衛がちらりと遊女を見ると耳と目を塞いだ女はがたがたと震えていた。

血ぶりをくれた典太を鞘に納め、総兵衛は、

「邪魔をしたな」

と声を残して手摺を身軽に超え、縄を伝って海へと下りていった。

総兵衛が船に下り立ったとき、信一郎と天松の姿がすでにあり、坊主の権造

の船に城戸陣八郎の骸《むくろ》が載せてあった。

「権造、天松、この者の骸を小川町の本郷屋敷の門前に打ち捨ててこよ」

「はい、畏《かしこ》まりました」

と天松が返答すると権造の船にひらりと飛び乗った。

満次郎と、そして最後の田之助が縄を伝って戻ってくると、

「お待たせしました」

と、すでに櫓《ろ》を握っていた信一郎が大栄楼の石垣から船を離した。

第三章　ちゅう吉の決断

一

「ひょろ松、そろそろ刻限だぜ」

と荷運び頭の坊主《ぼうず》の権造《ごんぞう》に注意された小僧の天松は、富沢町を斜めから突き刺すような西日の傾きに驚いた。

「頭、こんな刻限ですか」

「今日のおめえは仕事に熱中しているんだか他のことに気をとられているんだか、おれの方も迷っちまうぜ」

と権造がいい、

「大番頭さんにはおれのほうから伝えておく。弟分をそう無暗《むやみ》に待たせるわけにもいくめえ」

との言葉にぺこりと頭を下げた天松がお仕着せの埃《ほこり》を叩《たた》いて、船着場から上がった。

ひょろ松と呼ばれた背ばかり高い少年時代は昔のこと、近頃の天松は五体がしっかりとしてきていた。

大黒屋の船着場には西国から千石船で運ばれてきた古着の菰包《こもづつ》みが山積みになり、手代以下の奉公人と権造の配下の男衆《おとこし》がせっせと店へと運び込んでいた。

大黒屋の奉公人は鳶沢《とびさわ》一族、すなわち鳶沢、池城《いけぐすく》、今坂三族で固められていたが、外働きの荷運び人夫は一族の者とそうでない者が混在していた。

天松が向かった先は堀江六軒町、この界隈《かいわい》では旧吉原があった時の、「葭町《よしちょう》」あるいは「芳町」の名で呼ばれていた。

このところ、天松はこの刻限になると葭町の火の見櫓下《やぐらした》に行った。そこには子供屋の中村歌児《うたじ》を見張るちゅう吉が待ち受けていた。

富沢町からさほど遠い距離ではない。河岸《かし》道を下った天松は吉原旧地の駕籠《かご》屋《や》新道を右に曲がった。

天松は無意識に芳町への道を辿《たど》りながら、最前大番頭の光蔵《みつぞう》に呼ばれて、

「天松、明日から総兵衛様のお供で日光に行って貰《もら》います」

との命を受けたことを思い出していた。

坊主の権造親方に仕事に熱中しているんだか、他のことに気をとられているんだか、判断がつかないといわれた一件だ。

「総兵衛様は日光詣《もう》でに参られますので」

「ただの日光詣ででではありませんぞ。本郷康秀様の代参一行に張り付く旅です、昼夜を問わずしっかりと目を開けていなされよ」

「はい、必ずや総兵衛様の手足となって務めます」

と答えた天松は胸に生じた疑問を口にした。

「連れは私の他にどなたが参られますので」

「百蔵《ひゃくぞう》が案内方に付きます」

「百蔵爺《じい》と私だけが総兵衛様の連れにございますか」

「なんぞ不満か」

「いえ、そうではございません。総兵衛様のお供に百蔵爺と私だけでは頼りないかなと思うただけです」

「ゆえにしっかりと目をあけていなされと注意しましたぞ」

と光蔵に繰り返されて、承知しましたと下がってきた。

それにしても十代目総兵衛様が初めて御用旅に出る話だ、それも家斉《いえなり》様の名代《みょうだい》で日光に向かう本郷康秀一行を見張る道中である。あまりにも少ない連れと天松は考えていた。

（いや、そうではないぞ、きっと影護衛が従っているのだ）

と思った。

一方で近々イマサカ号と大黒丸が加賀から若狭海岸に交易の品を受け取りに出帆するという話に、

（あちらに人員が割かれるとしたら、総兵衛様の旅にそうは随員は出せぬか）

と思い直していた。

いつしか玄冶店《げんやだな》を通り過ぎて、慌《あわ》てて左に曲がった天松は直《す》ぐに右手に折れ、堺町《さかいちょう》横丁に入っていた。

もうこの辺りの住人が、単に芳町と呼ぶ界隈に入っていた。

天松は決して他人に胸のうちを明かしてはいなかったが、イマサカ号と大黒丸の訓練航海を兼ねた加賀、若狭行に乗り組みたいと考えていた。

いや、天松ばかりではない。大黒屋の奉公人なれば、あの巨大三檣《しょう》帆船に乗り組んで仕事がしたいとだれしもが考えていた。

大部屋で眠りに就くとき、潜み声で二艘《そう》の帆船にだれが乗り組むように命じられるのか、手代や小僧仲間と情報交換をしたものだ。

だが、未《いま》だ乗り組む鳶沢一族の人員は大番頭や一番番頭の口から洩《も》れてこなかった。

天松は、総兵衛が日光に行くということは二艘の帆船はしばらく深浦の船隠しに留まっているということであろうかと思った。訓練を兼ねた加賀、若狭行だ、当然、主《あるじ》の総兵衛が乗船することが考えられた。

だが、総兵衛は天松と百蔵の供だけで日光に向かうという。

イマサカ号と大黒丸の交易航海の出航は時期が定まっていた。西国から南に吹く季節風に乗っての航海だ。十月から遅くとも十一月初めには長崎辺りから碇《いかり》を上げる要があった。

巨船二艘に満杯に荷積みしての交易航海だ、残された日にちは四か月半余り、日数がありそうでない。

「こたびの交易航海には天松の出番がないということか」

と天松は推測して、いささかがっかりした。と同時に総兵衛と旅をする機会を得た喜びがふつふつと湧《わ》いてきた。

（よし、総兵衛様のために汗を掻《か》く）

と考えて顔を上げた天松の視界に火の見櫓下にちょろちょろするちゅう吉の姿が入った。

天松はいつものように親仁橋《おやじばし》を渡れ、と目で合図した。心得たちゅう吉の姿が消えた。

天松は古着屋の小僧が使いに出された体《てい》でさっさと堀江六軒町を通り過ぎた。

掘割に架かる親仁橋の向こうの柳の木の下にちゅう吉が天松を待っていた。

「兄い、ここんとこご無沙汰《ぶさた》だな」

「千造さんの弔いがあったからな」

「千造さんは気の毒なことをしたな。まあ、兄い方は戦ってよ、死んでいくのは覚悟の前だろうがよ」

天松が大人びたちゅう吉の言葉を咎《とが》めるように睨《にら》んだ。

「兄い、たいがいでよ、このちゅう吉を信用しないか。分っているって、見ざる聞かざる言わざるだろうが」

「分っていればいい」

「中村歌児は、五つ（午後八時頃）に乗り物が迎えにきてよ、今晩じゅうに千住掃部宿《せんじゅかもんじゅく》の陸奥屋《みちのくや》万右衛門方に入る。あいつさ、今日一日かけてよ、風呂《ふろ》を何べんも使ったり、髪を結い直させたり、呉服屋を呼んで衣装の品定めしたりとよ、まるで大名家のお姫様の嫁入りのような騒ぎだぜ。ありゃ、本郷って侍のところからよ、たくさんの金が出ているね。歌児め、一生食いはぐれねえぜ」

「本郷家からつなぎは入るか」

「用人の使いが頻繁に入っていたがよ、この二、三日、音沙汰なしだな。それが今日の昼下がりに使いが姿を見せた。子供屋の床下に潜りこんで聞き耳を立ててるとよ、兄いたちが千造さんの仇《かたき》を討ったんだろ、そのあと始末に本郷屋敷でもきりきり舞いさせられていたらしいぜ、使いは、殿様がかんかんに怒っているとぼやいていた」

「かんかんに怒っていたか」

「本郷なんとかって殿様はさ、なんでも大黒屋を乗っ取るそうだぜ、叩きつぶして総兵衛様を震え上がらすと言っていたそうだ。そのことをよ、兄い、大番頭さんにしっかりと伝えてくんな」

「直参旗本御側衆《おそばしゅう》が古着問屋になるだと」

「兄い、殿様が乗っ取ると言っているのは、大黒屋の隠された貌《かお》のほうだよ」

と言い切ったちゅう吉が、

「それにしてもよ、大黒屋のやることは素早いな。兄いも仇討ちに行ったのか」

と問うた。

「私のような下《した》っ端《ぱ》にはお呼びがかからないよ」

と天松は答えていた。そして、ちゅう吉の関心をそらすために訊《き》いた。

「歌児の様子はどうか」

「旦那《だんな》の供で物見遊山《ゆさん》にいく体だな、そんなことでいいのかね。だからよ、おれがお守りを渡しておいた」

「お守りだと、なんだ、それは」

「湯島天神は学問の神様菅原道真《すがわらみちざね》様が祭神だ、この菅公《かんこう》の折り紙の人形を持っていると命が助かるんだよ。ほれ、兄いにも一枚上げるぜ」

とちゅう吉が懐《ふところ》から出したのはなんとも見事な袴姿《はかますがた》の菅原道真公の折り紙人形だった。

「ちゅう吉、おまえにこんな芸があったのか、意外と器用なんだな」

天松が身の丈三寸(約九センチ)余りの折り紙人形に感心した。

「湯島天神の床下に巣食う物もらいが歌児や天松兄いの身の安全を願ってもご利益があるかどうか知らねえがね」

「大事にするよ。あとは任せるのだ」

天松は、ちゅう吉に、総兵衛に従い、百蔵と天松が日光に向かうことを告げなかった。

「歌児は江戸に戻ってくるよな」

「なぜそのようなことを訊く」

「だってよ、あんまり有頂天だからよ、いいこと尽《ず》くめのあとにはよくねえことが見舞うのはこの世の常だ。おりゃ、兄いらに加担しているがよ、かげまの身の安全をはかってよ、なんとか生きている物もらいだ。気になるじゃねえか。かげまだって、好き好んで男に抱かれてはいめえ」

「ちゅう吉、私も衆道のことはよく分からない。だれかが男と女の仲より深い絆《きずな》に結ばれていると言っていたがね」

「絆ね」

と首を捻《ひね》った。さすがのちゅう吉も実際のことは知らないのだ。

「なにもなければかならず本郷様も歌児も江戸に戻ってくるさ」

「おれがさ、歌児を千住掃部宿の陸奥屋万右衛門方までひそかに見送っていこうか」

「ちゅう吉、おまえの仕事はここまでだ」

天松がぴしゃりと言った。

「あとは私たちに任せるのだ」

と天松が答えたとき、ちゅう吉はいつもの兄いらしくないと感じた。ひょっとしたら、天松は本郷一行を見張って日光にいくのではないか、そう考えた。

（どうしたものか）

「湯島天神のねぐらに戻れってことか」

「そういうことだ。この次、大黒屋に来たときに大番頭さんがちゅう吉の働き賃を用意していなさろう」

「そんなことはどうでもいいがよ、なんだか素っ気ないぜ」

「ちゅう吉、人それぞれに分というものがあるんですよ、そいつを忘れちゃいけないよ」

「あいよ。ならば古巣に戻るとするか。兄い、またな。しばらくしたら富沢町に顔を出すぜ」

「ここんところ荷が入るからね、十日くらいは富沢町に近付かない方がいいよ」

「分かった」

と応じたちゅう吉が手を振って、照降町《てりふりちょう》へと入っていった。すると町内に蚊やりの煙がもうもうと立ち込めていた。

「さてどうしたものか」

天松兄いはおれに隠し事してやがるぜ、ダメならダメとはっきりと言ってくれたほうが、こっちの気分がすっきりとするのにな、とちゅう吉は考えた。

よし、と自分に言い聞かせると荒布橋《あらめばし》を渡らず小網町《こあみちょう》河岸に曲がった。その界隈《かいわい》の河岸道には屋台の食いもの屋が何軒も出ていた。ちゅう吉が、

「ご免よ」

と声をかけたのは二八そばやだ。

「なにか用か」

「そばやにご免よと声をかければそばの注文に決まっていらあ」

「おめえ、臭いな、おこもだな。銭は持っているか、食い逃げは許せねえよ」

「十六文、前払いだ、それで文句ねえな」

ちゅう吉は首にかけた巾着《きんちゃく》から銭を摑《つか》み出して掌《てのひら》で数えて、そばやの親父《おやじ》に渡した。

このところ大黒屋との付き合いで懐が潤《うるお》っていた。つい先日、一番番頭の信

一郎から貰《もら》った金子を加えて一両二分と銭がまだだいぶ残っていた。

（この冬、この銭で乗り切りたいな）

と考えたちゅう吉は、

（大黒屋は金づるじゃない、おれを信用してくれる数少ない人間たちだ。絶対に裏切ってはならない）

と心に誓った。

「おい、おこもさんよ、そばが出来たぜ。大盛りにしておいたからな」

「おっ、気前がいいね、さすがに魚河岸ちかくに屋台をだす商人だ、心得てるぜ」

「ちぇっ、餓鬼のおこもに褒められても面白くもおかしくもねえや」

とぼやいた親父から丼《どんぶり》を受けとったちゅう吉は、江戸橋を望む河岸の石段に腰かけて、夢中でそばを啜《すす》った。

カツオ出しが利《き》いた汁がなんとも美味《うま》かった。最後の一滴まで啜り込んだちゅう吉は、馳走《ごち》になったなと礼をいうと再び照降町に戻って行き、子供屋の裏口と表が見渡すことのできる路地の空家に陣取った。

見張り場所にうってつけと、この前から空家の裏戸に細工して出入りができるようにしていたのだ。

歌児を迎えにくるのは五つ（午後八時頃）と本郷家の使いは言った。

それまでに半刻《はんとき》（一時間）ほど間があった。

蚊が襲いかかってきたが、湯島天神の床下で暮らすちゅう吉は平気の平左だ。

最初に子供屋に面《つら》を出したのは竈河岸《へっついがし》の親分、赤鼻の角蔵だ。聞き耳を立てていると子供屋の中から、

「めでてえ話じゃねえか、お城のお偉い方の手が付いたんだ。菊也《きくや》、いいかげまを持ったな。これで蔵が建つぜ」

と胴間声で煽《おだ》てながら、親方の菊也からなにがしか、金をせしめて行った。

五つ前、旅仕度の天松が子供屋の見張りに姿を見せた。

ちゅう吉は天松の勘を用心して、空家の中で気配を殺した。

なんども菊也が表に出てきて、本郷家からの乗り物が来ないかと辺りを見回した。

四つ（午後十時頃）が過ぎ、夜半九つ（零時頃）が過ぎたとき、

「歌児、だめだ。迎えはこないよ」

　菊也親方の声が因果を含めるように歌児に言った。

　歌児の返事はちゅう吉には聞こえなかった。それでも歌児の意向だろう、子供屋は灯りを消すことなく気長に待つ様子があった。だが、もはや菊也が外に出て、乗り物の到来を待つことはなかった。

　ちゅう吉は天松がどこに潜んでいるか見当がつかなかった。

　そろそろ八つ（午前二時頃）の時鐘が響こうという頃合い、乗り物は忽然《こつぜん》と姿を見せた。

　どうやら親仁橋あたりまで船で乗り物が運ばれてきたらしく、陸尺《ろくしゃく》三人が担《かつ》ぐ腰網代《こしあじろ》だ。乗り物に本郷家の家臣とみられる若侍と歌児の荷物持ちが二人従い、風体が異なる二人が乗り物を護衛していた。護衛は本郷家の家臣ではなく、雇われた用心棒剣客だった。

　歌児が早々に乗り物に乗り込み、従ってきた本郷家の若い家臣が子供屋に残る風情《ふぜい》で、

「歌児、江戸を出ると水が代わりますで、気をつけてな」

と菊也親方が声をかけた。

乗り物一行は浅草御蔵前通を抜け、山谷堀、小塚原縄手から千住大橋に向かって消えた。

この分なら歌児は一睡もすることなく千住を出立することになりそうだ、とちゅう吉は考えた。

本郷家の若侍は菊也と金銭の交渉があるらしく、子供屋の玄関で掛け合いが始まった。しばらく押し問答が続いていたが、不意に押し殺した声が表に響いてきた。すると乗り物と一緒に消えた筈《はず》の用心棒剣客が抜身を下げ、表に出てくると慣れた手付きで血ぶりをして鞘《さや》に納めた。

「これでようござるな」

と後から出てきた本郷家の若侍に用心棒剣客が念を押し、

「道中、頼む」

と若侍が応じた。

子供屋の灯りがいつしか消えていた。

「万事心得た」

と答えた用心棒剣客が乗り物を追って千住大橋へと向かい、いつの間にか本郷家の若侍もいなくなっていた。

芳町に静寂が戻ってきた。

(大変だ、子供屋の菊也親方が殺された)

とちゅう吉は思った。

(まず間違いない。なんてやつらだ)

天松はどうしたのだろう。乗り物を尾行して千住掃部宿に向かったとしたら、菊也が始末されたことに気付いていない。

(どうしたものか)

それでもちゅう吉は空家から動けなかった。二人が去って四半刻後、ようやく空家を出ると、こわごわと子供屋に近付いていった。

殺されたところを見届けたわけではない。押し殺した声を聞き、用心棒剣客が抜身の血ぶりをするところを見ただけだ。

行動を起こすには確かめる必要があった。

勇気を奮い起こしたちゅう吉はそろりと子供屋の腰高障子を押し開けた。するとぷーんと血の臭《にお》いが漂ってきた。

（やっぱり、ま、間違いなかった）

と思った。

だが、菊也親方の死体を見たわけではない。いや、ひょっとしたら生きているかもしれないぞ、とちゅう吉は敷居を跨《また》いだ。

月明かりがおぼろに土間を照らした。

「お、親方、生きているかい」

とちゅう吉は声を潜めてかけた。

どこからもなんの応答もない。

せまい土間を見渡した。すると暗がりに目が慣れたか、菊也が上体を上がり框《がまち》に寄りかけさせて、眼を見開いて死んでいるのが見えた。

「親方、死んじゃったのか」

「だ、だれだ」

と菊也親方が声を絞り出した。

「おれだよ、湯島天神のちゅう吉だよ」

「ちゅうか、おりゃ、だめだ」

「医者を呼んでくる」

「ちゅう、それより歌児があぶない。や、奴《やつ》らに、こ、殺される」

ちゅう吉は必死の思いで菊也に寄り、手を触った。

夏だというのに氷のように冷たい手がちゅう吉の手から落ちて、上体が横に転がった。

「しっかりしなよ、お、親方」

ちゅう吉の手を菊也親方が必死で探り、血に塗《まみ》れた菅原道真公の折り紙人形を握らせた。歌児が忘れていったものか。そして、親方は息を引き取った。

「あ、あいつら、親方を殺しやがった」

遠くから、

「火の用心」

の声と拍子木を打つ音が響いてきた。その声がちゅう吉を我に返らせた。

「た、大変だ、こんなところを見つかったら牢屋《ろうや》にしょっ引かれるぞ」

ちゅう吉は、

（親方、ご免な、なにもできなくてよ）

と胸の中で手を合わせ、子供屋を飛び出して芳町の通りを大黒屋のある富沢町へと走り出していた。

（天松兄い、こういうときよ、どうすればいいんだよ）

と考えながらも、芳町から遠のこうと必死で足を速めた。

二

ちゅう吉が千住大橋を渡り、千住掃部宿の陸奥屋万右衛門方を訪ねあてたとき、すでに夜は白み、旅籠《はたご》の客はとっくに草鞋《わらじ》を履いていた。

番頭か、白髪《しらが》頭の男衆が上がり框に腰を下ろして旨《うま》そうに煙草《たばこ》を吸っていた。紫煙が鼻から出て、じろりとちゅう吉を見た。

「おこもは裏口、そんなことも知らないか」

「番頭さん、物貰《ものもら》いにきたんじゃねえよ。今朝方、ここで御側衆《おそばしゅう》本郷康秀様の一行に中村歌児の乗り物が加わらなかったか」

「ああ、日光代参のご一行にかげまが加わったたな、なぜか理由は知らないがよ。

あきれ果てた世の中だぜ」

と番頭の言葉には本郷康秀の大胆な行動を蔑《さげす》む口調があった。

「一緒に出立したんだね」

「ああ、二刻（四時間）ほど前にな、うちの前で行列を整えただけで、昨夜から座敷を空けて待っていたのに挨拶《あいさつ》もなしだ。あれで公方《くぼう》様の名代《みょうだい》が務まるのかねえ」

「二刻か、くそっ」

と吐き捨てたちゅう吉は陸奥屋の入口前から日光道中に飛び出そうとした。

「ちょっと待った。おめえはかげまの知り合いか」

「ああ、なんとしても歌児に会って知らせなければならないことがあるんだよ」

「おめえの血相を見れば分かる。だがな、あのご一行様には触れないほうがいい、命知らずの用心棒がついてやがる。近づくのは命あっての物だねだぜ」

「分かっているって、それでも会わなきゃならないんだよ」

ちゅう吉の切迫した言葉を聞いた番頭が、

「あのご一行は日光に行くと分かっているんだ。ここで少しばかり遅れたってどうってことはあるめえ。旅は長いや、落ち着いてさ、冷や飯草履を草鞋に履き替えな」

と言って、上がり框から腰を上げると玄関土間に吊《つ》るしてあった草鞋から子供用の小さな草鞋二足を摑《つか》み、ほれ、履き替えな、と命じた。

「番頭さん、いくらだ」

「わたしゃ、番頭ではありませんよ、この家の主《あるじ》の万右衛門ですよ。いいかえ、座敷を予約しておいて銭一文も払わずに去った御側衆のことを考えれば、おこもから銭をとれますか。それほど陸奥屋は落ちぶれてはいませんよ」

と答えた万右衛門がちゅう吉に草鞋を渡した。そして、

「だれか、朝飯の残りで握りめしを急いで拵《こしら》えな、漬物を添えてな。急ぐんですよ」

と奥に命じて、はーいという女の声が即座に応じた。

陸奥屋ではこのような光景がしばしばあるのか、台所の女衆《おなごし》も慣れたものだ。

「旦那、草鞋なんぞ履いたことがねえ」

「そうか、おめえは江戸育ちか」

「湯島天神の床下がねぐらだ」

「よし、上がり框に腰かけて足を貸せ。いいか、長旅は足をしっかりと固めてなきゃ歩き通せねえ。ちびた冷や飯草履で長旅ができるものか、紐《ひも》の結び方をよく覚えておくのだ。うーむ、おこもにしちゃあ、足が案外ときれいだな」

と言いながら、万右衛門はちゅう吉の足に草鞋を手際《てぎわ》よく履かせて、紐をきゅっきゅっと絞り上げていった。すると草鞋がちゅう吉の足にぴたり吸いつくように履かされた。

「天松兄いが井戸端で体を洗ってくれたばかりだよ、親方」

「ほう、おこもの兄いにも清潔ずきがいるか」

「兄いはおこもじゃねえよ。富沢町の大黒屋って古着屋の小僧だよ」

「なにっ、おめえは古着問屋の大黒屋の小僧さんと知り合いか」

「ああ、ちょいとした曰《いわ》くがあってな。小僧ばかりじゃないよ、主の総兵衛様とも大番頭さんとも知り合いだよ」

ちゅう吉は自慢げに答えながら、天松はだいぶ先を旅しているだろうなと思った。

「ふうーん、不思議な話が世の中にはあるもんだぜ。あの御側衆のご一行様だって公方様の名代とは思えない一団だものな。それにかげまにおこも、ついでに大黒屋さんが加わったとなると、日光道中風雲急を告げてますよ」

と陸奥屋万右衛門が呟《つぶや》いたとき、女衆が竹皮包みを持参してきて、

「使い古しの風呂敷《ふろしき》に包んでやろうかね」

とちゅう吉を見ながら握り飯を風呂敷に包み、背中に負わせた。

「旦那《だんな》、おかみさん、世話をかけてすまねえ。日光から無事に戻れたらお礼にくるからさ」

「おこものお礼か、まあ、それはいいや。それより大黒屋さんに知らせることがあるか、おこもさんよ」

と万右衛門が事情のありそうなちゅう吉を見て親切にも言ってくれた。ありがてえ、と叫んだちゅう吉が、

「旦那、おれの名はちゅう吉だ。大黒屋の大番頭さんか一番番頭さんによんどころのねえ理由でちゅう吉も本郷の一行を追っていくことになったと使いを立

てくれないか、恩にきるぜ」

「この界隈《かいわい》からも富沢町に古着の仕入れにいく者がいる、そいつに願っておこう」

ちゅう吉の頼みをあっさりと引き受けた万右衛門が壁に掛かっていた破《や》れ笠《がさ》を摑み、

「陽射《ひざ》しを馬鹿にしちゃあならねえ、こんな笠でも陽除《ひよ》けになる、こいつを被《かぶ》って頭を守れ」

とちゅう吉の頭に乗せ、さあ、いきな、と送り出してくれた。

「旦那、おかみさん、すまねえ」

一礼したちゅう吉は、破れ笠の縁を片手で摑むと日光道中を走り出した。

「いいか、宿外れに追分がある、日光道中は左手だよ」

という声がちゅう吉を追ってきたが、ちゅう吉の耳には届かなかった。

ちゅう吉は芳町の子供屋を飛び出したとき、大黒屋の戸を叩《たた》くかとちらりと考えた。

だが、深夜のことだ。朝の早いお店に迷惑をかけるより、おれが千住掃部宿

までひとっ走りして、歌児か天松兄いにじかに急を知らせたほうが早い、と考えを変えた。ちゅう吉の胸中には、

「天松兄いと旅が出来たらいいな」

という気持ちが渦巻いていたのだ。

だが、湯島天神をねぐらに生きてきて、子供屋がある色町しか知らないちゅう吉だった。千住が吉原の北にあるということしか知らなかった。

山谷堀の今戸橋までなんとかいけた。

だが、山谷堀を渡って向こうは未知の土地だった。千住大橋に向う道がどれか分からず、だれかに訪ねようにもまだ人影はなかった、
山谷堀付近でうろうろしているうちに七つ（午前四時）の時鐘が鳴り出した。

すると吉原で一夜を過ごした客が今戸橋に姿を見せ始めた。そんな一人の職人に、

「親方、千住宿に行きたいんだがよ、どうすればいい」

と尋ねると、

「なに、おこもは千住でお遊びか」

「そんなんじゃねえよ、急いで知らせなきゃあならないことがあるんだよ」

と苛立《いらだ》った口調でちゅう吉が食ってかかった。

「おこも、からかって悪かったな。ほれ、あそこに見えるのが新鳥越橋だ、あいつを渡ってよ、小塚原縄手をまっつぐにひたすら行きねえ。途中にさ、小塚原のお仕置場があるがよ、目を瞑《つむ》って走って抜けるんだ」

「お仕置場ってなんだ、親方」

「奉行所で死罪を言い渡された連中が首を刎《は》ねられるとこだよ」

「ひえっ」

「おこもにゃ死人もとりつくめえ」

と脅されたりすかされたりして教えられたとおりに小塚原縄手をひたすら走って抜け、千住大橋を目指した。

首切り地蔵が聳《そび》えるお仕置場を過ぎるとき、すでに夜が明けていた。だが、ちゅう吉は前方だけを見て、小走りに抜けた。

千住大橋を渡ればなんとなく江戸外れというところで、旅籠陸奥屋万右衛門を見つけたのだった。

そんなわけでちゅう吉の本式の旅は、日本橋から二里八丁（約九キロ）離れた千住掃部宿から始まった。宿外れに下妻橋があって、その畔《たもと》で追分になっていた。六右衛門が教えてくれたがちゅう吉の耳には届かなかった。

右手に行けば大原道、左手を取れば日光道中の道標の石柱があったが、ちゅう吉は字が読めない。そこで追分にある茶店の女衆に、

「姉さん、日光道中はどちらですね」

と聞いた。

「おこもさん、左だよ。茶碗《ちゃわん》を持つほうの道を行けば日光に辿《たど》りつけるよ」

と教えてくれた。

ちゅう吉はふと不思議に思った。おこもと名乗りもしないのに皆が皆、ちゅう吉をおこもと言い当てる。大黒屋で天松に体を洗われ、さっぱりとした古着を着せられたにも関わらずだ。まあ、おこもが体に染《し》みついているということだろうと、自らを得心させたちゅう吉は、

「この次の宿はどこですね」

「草加《そうか》ってとこだ、二里八丁先だよ」

と女衆が教えてくれた。

ちゅう吉は追分の道標に立ち止まり、菅笠《すげがさ》の紐をしっかりと結び、背に負った風呂敷を下ろして竹皮包みを広げた。すると大きな握り飯が三つと古漬けが添えられて入っていた。

「食べ物は大事にしなきゃあ」

ちゅう吉は一つだけ食べることにして、二つを残した握り飯を竹皮に包み直し、風呂敷を背に負い直した。

握り飯を片手にちゅう吉の追跡行が始まった。


江戸富沢町に今日も夏の光が照り付けていた。

大番頭の光蔵は朝のひと騒ぎが終わったとき、一服するのが習わしだ。いつものように煙草入れ《たばこい》から薩摩《さつま》産のきざみをつまみ出していると、店の入り口に人影が立った。

「おや、葭町《よしちょう》の小吉親分さんではございませんか。ちょうど一服しようとしていたところです。お立ち寄り下さいな」

と光蔵が願うと、

「ちょいとお邪魔しますよ」

と小吉が店に入って来て、小僧の兼吉《けんきち》が座布団《ざぶとん》を出し、

「親分さん、どうぞ」

と言いながら上がり框《がまち》に置いた。

「小僧さん、造作をかけるな」

兼吉にも声をかけた小吉が座布団の上に尻《しり》を下ろした。

「今日も暑くなりますな」

光蔵が煙草盆を持って小吉の傍らにやってきた。

「本式な夏はそこまできてますな。そろそろうちでは夏物は終わり、秋物の季節を迎えます」

「大番頭さん、芳町の子供屋の菊也親方が殺されたのを承知ですかえ」

と小吉が囁《ささや》いた。

「いえ、富沢町近くで殺しがございましたか。菊也親方が殺されなさった、だれがそのようなことを」

と答える光蔵の口調には菊也を知らない様子が見えた。

「その子供屋の抱えのかげまの一人が中村歌児っていえば覚えがございますか」

「ほう、歌児の親方が菊也さんでしたか」

と答えた光蔵の双眸《そうぼう》に鈍い光が宿った。

「なんでも歌児は上様の名代で日光に立たれた御側衆本郷康秀様が情けをかけるかげまとか。こたびの日光行きにも歌児を連れていき、大事な御用の合間を楽しむ趣向だそうですな」

と小吉が苦笑いし、光蔵が頷《うなず》いた。

「なんでもそのような噂《うわさ》も聞きました。歌児の親方を殺すとは、どういうことでございましょうかな」

小吉は、光蔵が本郷康秀とかげまの歌児の間柄は承知だが、菊也のこともその死も知らなかったと推測した。

「歌児を迎えに乗り物が深夜過ぎに子供屋に着き、歌児を送り出した直後に菊也は襲われております。背中から心臓《しんのぞう》をひと差し、どうもだれかと話している瞬間を背後から襲われたものと推測されます」

「ということは二人組ということですか」

「へえ、対面していた相手は顔見知りの者と思えます」

「目星がついておりますか、親分さん」

いいえ、まだそこまではと答えた小吉が、

「ちょいと訝《いぶか》しいことがございますので」

「なんでございましょうな」

「赤鼻の角蔵にとっても縄張り内の殺し、いつもなら騒ぎ立てるあやつが妙に静まりかえっているのでございますよ」

「ほう、それは面白い。菊也親方を殺したのがだれか目星をつけられる話ではございませんか」

全くで、と応じた小吉が、

「大番頭さん、菊也が殺されたと思《おぼ》しき刻限、あの界隈を夜番が通りかかりましてね、子供屋から小さな影が飛び出していくのを遠目に見ております」

「その小さな影が殺したと仰《おっしゃ》るので」

「背後から心臓をひと突きした手際は手慣れた者の仕業ですよ。小さな影は菊也の抱えかげまが親方の死骸《しがい》を見つけて恐ろしくなり逃げ出したか、そんなところではないかと考えております」

「なあるほど」

「大番頭さん、この殺しの背景には中村歌児を日光に伴った御側衆本郷康秀様がなんらかの関わりがあると、わっしは睨《にら》んでおりますのさ」

「それが赤鼻の親分が動かない理由にございましょうかな」

「今のところはなんとも言い切れませんがね」

と顔を横に振った小吉の口調には含みがあった。そして、すいっと立つと、

「また寄せてもらいます」

と言い残して大黒屋から姿を消した。

光蔵は、小吉が去っても上がり框で、しばらくじいっと表に散る光を見ながら考えていた。そこへおりんが盆に茶菓を運んできて、

「あれ、葭町の親分さんは」

と尋ねた。我に返った光蔵が、

「もう帰られました。雄三郎、おりん、ちょいと話が」

と三番番頭とおりんにいうと店裏の小座敷に入っていった。

この日早くから一番番頭の信一郎と二番番頭の参次郎は、深浦の船隠しに行っていた。加賀から若狭へ向かうイマサカ号と大黒丸の出船準備を急がせるためにその打ち合わせに行ったのだ。

総兵衛が百蔵父《とっ》つぁんと小僧の天松を従えて、本郷一行を尾行して日光に向っている今、大黒屋は人材が少なくなっていた。

「雄三郎、葭町の親分との話、耳に入りましたな」

「はい。子供屋の菊也親方が何者かに殺されたとか」

「どうやら歌児を巡って消された様子がございます」

と前置きした光蔵が二人に小吉がもたらした情報と自らの推測を話した。

「飛び出していったという小さな影が気になります」

と雄三郎が言った。

「小吉親分は歌児の仲間と考えておられます。ともあれ、殺しには関わりがありますまい」

「そうであればよいのですが」

二人の頭にはちゅう吉のことがあった。

天松によれば暮れ六つ（六時頃）過ぎに親仁橋際《ぎわ》で、湯島天神の住処《すみか》に戻れといって別れたという。

幼いときから独り暮らしをしてきたちゅう吉が天松と知り合い、その縁で大黒屋に出入りするようになったとき、大黒屋の秘密の一端を知る立場に立った。

そして、深い絆《きずな》で結ばれた一族の存在を知ったとき、

「なにかの役に立ちたい」

という思いを募らせ、こたびは深入りしてしまったのではないかと二人は案じたのだ。

「大番頭さん」

と手代の田之助が姿を見せて、

「千住掃部宿から仕入れにきた要吉さんが、旅籠《はたご》陸奥屋の主《あるじ》万右衛門さんからの言付けを持ってきております。聞きますと、今朝五つ（八時頃）の刻限にこものちゅう吉さんが姿を見せて、歌児は日光に向けて出立したかと聞き、自

らも後を追っていったそうにございます」

「なにっ、ちゅう吉が千住宿に姿を見せたですと」

「大番頭さん、やはり子供屋を飛び出した小さな影はちゅう吉のようですね」

と雄三郎が言った。

「要吉さんは他になにか言われましたかな」

「ともかく血相がただ事ではなく、必死の様子が窺《うかが》えたそうです。出立する折に陸奥屋の主に大黒屋によんどころない事情でちゅう吉が一行を追っていくと知らせてほしいと願って飛び出していったそうです。要吉さんは待たせてございますが、当人がちゅう吉に会ったわけでもなし、それ以上のことは知らぬようです」

「田之助、要吉さんにはよう礼を申し、仕入れはいつもより安くしてやりなされ。それから」

「千住掃部宿に走って陸奥屋万右衛門さんに直《じか》に問い合わせるのでございますな」

「そのとおりです」

「話を聞いてもし事情が切迫したものと知れたなら、総兵衛様方を追って日光道中を走りますか」

しばらく光蔵が考え込み、

「いや、その要はありません。そなたが伝える以上のことをちゅう吉さんがやりのけてくれましょうでな」

と言い切った。

「承知しました」

田之助が小座敷から消えて、

「歌児の親方が殺された一件は、ちゅう吉さんに任せましょう。その後の判断は総兵衛様がなされます。私ども富沢町のお店を守る奉公人は、イマサカ号と大黒丸の出船準備に全力を上げます」

と雄三郎とおりんに宣告した。

三

徳川幕府が直に管理した五街道の一つ、日光街道は日本橋を起点に北上し、千住宿を経て、草加、幸手《さって》、古河《こが》、小山《おやま》、宇都宮と通過し、ここで奥州道中と別れて、今市《いまいち》、そして最後の鉢石宿《はついし》に至る。

元和《げんな》三年（一六一七）に家康の霊廟《れいびょう》が日光に完成し、遺骸が駿府《すんぷ》の久能山《くのうざん》から日光に移された際、日光道中が使われた。

江戸から日光は全長三十六里（約一四四キロ）、日光詣《もう》での人々は三泊四日で歩き通した。一日平均およそ九里（約三六キロ）、江戸の人々は健脚であった。

家康の重臣であった本多正純《ほんだまさずみ》が宇都宮藩主になり城下町の大規模改修に着手した。

この折り、宇都宮は日光道中、奥州道中の分岐の城下という位置づけが明確になされた。この時以降、江戸から宇都宮を経由して日光に向う道が将軍家の公式の参詣道《さんけい》とみなされた。

ただし、日光に社参する将軍家は、途中、いささか日光道中とは異なる道を使うのが習わしであった。それは千住宿を通らない道中だ。

本郷追分から王子、岩淵《いわぶち》を経て、城下町岩槻《いわつき》を最初の宿泊地とした。そして二日目に幸手宿で本来の日光道中と合流するのだ。

この道を日光御成《おなり》街道と称した。

家斉に代わって日光社参の名代《みょうだい》を命じられた御側衆本郷康秀一行は、なぜか千住宿を経て、草加から幸手に向う日光道中を選んでいた。

千住掃部宿の陸奥屋前でかげまの中村歌児の乗り物と合流した一行は、乗り物三挺《ちょう》の前後に士分が九人と小姓ら二人が従い、さらに荷物持ちの小者らが続いた。

乗り物を担《かつ》ぐ陸尺《ろくしゃく》を入れると総勢二十数人が家斉代参の本郷家の正式な行列であった。この数から中村歌児は当然除かれる。

さらに本郷一行には用心棒剣術家、気楽流の蛭川永之進、腹心の大野丸一学ら十人の外郭団が同道していた。

用心棒らが馬三頭を従えて、道中では人は乗らずに菰《こも》包《づつ》みを左右に振り分けていた。馬は荷駄用の馬ではなく、騎馬に使われる手入れのゆきとどいた馬だった。

機動力を保持する三十数人の一行の一丁（一〇〇メートル余）あとを、総兵衛は百蔵父つぁんと小僧の天松を従え、大店《おおだな》の若旦那《わかだんな》の旅姿というなりで追っていた。

天松の背には背負子《しょいこ》に竹籠《たけかご》が負われて、布に包まれた三池典太光世《みいけでんたみつよ》や飛び道具や旅仕度が入っていた。天松はまた時折、本郷一行の先回りをしたりして相手の動きを確かめた。

本郷一行と総兵衛三人組は、千住を出るとまず二里八丁（約九キロ）先の草加宿を目指した。

千住を出立した折、まだ薄暗かった空がすぐに白み始め、用心棒剣客大野丸が自ら担ぐ朱塗りの長柄《ながえ》槍《やり》の穂先が一行の目印のように総兵衛らから見られた。

草加に入り、綾瀬《あやせ》川《がわ》沿いに松並木が続いた。草加松原と呼ばれる名所だ。

「百蔵、旅はよいものだな」

総兵衛が明るくなった辺りの景色に目を巡らしながら言った。

その時、天松は先行して本郷一行を見張っていた。

「総兵衛様は、江戸の他は知らねえか」

百蔵はむろん鳶沢一族の者だ。ゆえに十代目総兵衛が六代目の血を引いた、そして同時に異人の血を持つ若者と承知していた。

「船で鳶沢村を訪ねた以外、どこも知らぬ。江戸を外れて青々とした水田を見るとわが故郷を思い出す」

「総兵衛様の生れ故郷と似てるかね」

「田舎はよう似ている。働く人々の動作や体付きまでそっくりと思える」

「そうか、それでは懐《なつ》かしかろう」

「いかにも懐かしい。だが、われらはその地を追われた者、江戸の富沢町で生きていくと覚悟を決めた身だ」

「総兵衛様、聞いてもいいかね」

百蔵父つぁんがおずおずとした口調で聞いた。

総兵衛が十代目に就位して一年と経《た》っていない。

担ぎ商いで諸国を歩いて富沢町を留守にする機会が多い百蔵は、総兵衛とじかに話したことなどなかった。それが日光への旅の案内役を大番頭の光蔵から命じられて、思いがけず天松との三人旅が始まったのだ。

「そなたの他にはこの総兵衛しかおらぬ。なんなりと尋ねよ」

「わしはまだ見たことがない。総兵衛様は大きな帆船に乗って異国からこられたというが真《まこと》か」

「イマサカ号のことだな。そなた、大黒丸を承知であろう」

「六代目総兵衛様以来、何代目かになるか、ただ今の大黒丸なら承知しており ますよ。なんとも大きな帆前船で、佃島《つくだじま》には姿は見せられぬ大船じゃ。お上が うるさいでな」

「その大黒丸の十倍以上もの荷を積んで、百数十人の水夫《かこ》が乗り組み、行こう と思えば唐天竺《からてんじく》から南蛮から紅毛人の国まで航海ができる巨船がイマサカ号だ。 わが都のツロンを追われた騒ぎで船がだいぶ痛めつけられたがな、深浦できれ いな修理がなったゆえ、この冬には大黒丸ともども初めての交易に出られよう。 その仕度に一番番頭さんが走り回っておる」

「総兵衛様はいくだね」

「私はそなたと旅をしているではないか」

「いかねえのか」

「まずこの国を知る。それが私、大黒屋総兵衛に課せられた使命だ」

「ふーん」

「百蔵は異郷が見たいか」

百蔵父《とっ》つぁんが顔を横に振った。

「総兵衛様、わしは齢《とし》だ、五十路《いそじ》を何年も前に過ぎた。鳶沢村で生まれ育ったで、駿府の海は知っておる。じゃが外海は知らぬ、もはやこの齢で外海に出るには遅かろう。人には分というものがある。わしは担ぎ商いをしながら一族の下働きで一生を終える。それでなんの不満もねえ」

百蔵が自らに言い聞かせるように答えたとき、主従二人は草加宿と越谷宿《こしがや》の中ほどを歩いていた。話しながらも決して歩みは緩めてはいなかった。

ふわり、という感じで道中の並木の後ろから背に背負子を負った天松が姿を見せた。

「総兵衛様、一行は越谷にて昼食《ちゅうじき》、粕壁《かすかべ》宿泊まりだそうにございます。粕壁宿は草加より二つ先の宿場にございまして、江戸より九里の地にございます」

と天松がすらすらと報告した。

「おやおや、小僧さん、だいぶ寝ずに日光道中を勉強しなさったようだ」

「百蔵の父つぁん、間違いがあるか」

「いや、見事なものだ。間違いなどなにもない」

百蔵の言葉を聞いた天松が胸を張った。

「天松、道中記で覚えたのは感心じゃがな。それは頭で知った知識と覚えておきなされ。足で知ったものでなければ、万が一の時に役に立たず、慌《あわ》てふためくことになる」

「百蔵の父つぁんはこの日光道中を何度も歩いたか」

「おまえが生まれる前から背に古着を負うて村々を渡り歩きながら商いをしてきたからな。どの辻《つじ》になにがあるかまで承知だ」

ふうん、と天松が悔しさとも嘆息ともつかぬ返事を鼻でした。

「ばか者が、鼻で返答する奉公人がいるものか」

と百蔵に叱《しか》られた天松がしゅんとなった。

「天松、そなたと私は、百蔵父つぁんの弟子だ。弟子は経験も知識も師匠に教えを請《こ》うものですよ。師匠には頭が上がらんで不思議はない」

「はっ、はい」

「天松、この地では日光道中に限らずどこもかように道が整い、数里置きに宿場があるのだな」

それでも総兵衛が天松に質問した。

「はい。幕府が直に監督する五街道は一里塚や宿場が整備されて、旅人に不便がかからぬようになっております」

「宿場には旅籠《はたご》の他になにがあるのかな」

「馬の付け替えをしたり、荷を乗せ換えたりする伝馬宿《てんま》があって人足が待機しております。大きな宿場には本陣、脇《わき》本陣が設けられておりまして参勤交代の大名方や御用の大身旗本衆が泊まるようになっております」

と答えた天松がこれでいいのか、という表情で百蔵の顔を見た。

百蔵は素知らぬ風で天松を見向きもしない。

「となると本郷様方は粕壁の本陣に泊まるのですね」

天松が困った顔でまた百蔵を見た。

「父つぁん、粕壁には本陣があるよね」

「小僧さんや、粕壁の住人はおよそ三千と七百人、総戸数は七百七十余軒、本陣一脇本陣二があって、旅籠が四十と五軒ある。本陣は代々高砂屋彦右衛門様と申されてな、三枚橋のそばだ。日光代参の一行だ、まず普通なれば高砂屋方に入ろうな」

と百蔵が説明した。

「総兵衛様、そうだそうでございます」

「おやおや、小僧さんは人の言葉をうまいこと利用なさるわ」

と笑った百蔵が、

「総兵衛様、鰻《うなぎ》は好きかね」と尋ねた。

「鰻はあちらでは食したことがあるが、江戸では未《ま》だ食したことがない」

「ならば江戸からこの地に伝わった料理法の蒲焼《かばや》きを食べてみるかね、この界《かい》隈《わい》は川が多いから脂《あぶら》の乗った鰻が捕れるんで。ただ料理の仕込みには時間がかかるがなあ」

「ならば次の機会かな」

と総兵衛が諦《あきら》め口調で答えた。

「いや、一案があるだ」

と返答した百蔵が、

「天松、越谷に走れ。本郷様一行は本陣で昼食《ちゅうじき》をとろう。わしらは元荒川の手前の土手道の左手にあるあらかわ屋なる鰻料理の店でとる。古着屋の百蔵が主《あるじ》の大黒屋総兵衛様をお連れするゆえ、三人前の蒲焼きを仕度しておれと女衆《おなごし》のおつたさんに願いなされ」

「おつたさんですね、合点承知の助」

と返答した天松が即座に姿を消した。なんとも身軽な天松だった。

「総兵衛様、江戸の鰻もいいがね、この界隈の鰻料理も野趣ゆたかで美味《うま》いよ」

「父つぁん、だんだんと旅が楽しくなってきた」

と総兵衛がにんまりと笑った。

その時、ちゅう吉は草加宿のだいぶ手前を、足を引きずりながら歩いていた。

最初日光道中に出たちゅう吉は勇んで歩いていたが、千住から一里半（約六キロ）も歩いたところで新しい草鞋《わらじ》の紐《ひも》が足の甲に擦れて肉刺《まめ》ができた。

「なんだ、肉刺くらい」

と我慢して歩いていたが、だんだんと足を引きずるようになった。

「おーい、おこも。草鞋を盗んだ罰で肉刺をこさえたか」

と街道脇に屯《たむろ》していた駕籠屋《かごや》がちゅう吉の半べそ顔を見て笑った。

「盗んだんじゃないわい。千住宿の陸奥屋の旦那《だんな》が旅には草鞋が肝心だと二足めぐんで下されたんだよ」

「おお、そうかい。それで肉刺をこさえたか。旅慣れちゃいねえな」

「江戸は湯島天神の育ちだ。在所にいくのは初めてだ」

とちゅう吉は正直に答え、尋ねてみた。

「駕籠屋さん、この道をよ、公方《くぼう》様の名代《みょうだい》の本郷様一行が通らなかったか」

「威張りくさったご一行か。乗物からかげまが覗《のぞ》いていたが、あの一行だな」

「そりゃ、歌児だよ」

「おめえの知り合いか。今から一刻半《いっときはん》（三時間）前かね、通っていったぜ。おこもがよ、かげまを連れた代参ご一行になんの用事だ」

「駕籠屋さんの知ったこっちゃねえよ」

「なんだと、親切に教えてやったというのに、口の減らねえ餓鬼おこもだ」

「口が減っちゃおこも商売が上がったりだよ」

「ほれ、この竹杖《たけづえ》を持っていけ」

と旅人が忘れていったものか、駕籠屋が親切にも竹杖を投げてくれた。

「助かったぜ」

ちゅう吉は再び竹杖にすがって道中を再開したが、足取りは重く、なかなか歩みは捗《はかど》らなかった。

「くそっ、これじゃあ、歌児からも兄いからも遠のくだけだ」

ちゅう吉は必死に足を動かし、肉刺の痛みに歯を食いしばって耐え、歩き続けていた。

夏の陽光は中天にあった。

陽はじりじりと武州の日光道中に容赦なく照りつけ、首筋を汗が伝い流れた。

陸奥屋でもらった破れ笠《やがさ》がなんとかちゅう吉の体を陽射《ひざ》しから守っていた。

「腹が減っては戦もできめえ」

と自らに言い聞かせたちゅう吉は足を休めることなく、背の風呂敷《ふろしき》包みをほどこうとした。だが、竹杖を持っているせいで出来なかった。食べるのは先だ、とさらに歩いて行くと、草加松原の松並木に差し掛かった。

　水辺に日影があった。

「ちょいと休もう」

　綾瀬川沿いの松並木に腰を下ろしたちゅう吉は、まず草鞋の紐を解いた。右足の甲が二か所、右のかかとに一か所肉刺ができていた。

「くそっ、おこもが足を痛めちゃ話になんないぜ」

　とぼやく声に、

「おや、おこもさんも足を痛めたか」

　と女連れの亭主か、男衆《おとこし》が声をかけてきた。

　痛みで周りが目に入らなかったが、そこに夫婦者がいて、亭主が女の足の肉刺の治療をしていた。

「おこもさん、ついでだ。おめえの足をかしてみな」

「親方、いいのかい、きたねえ足だぜ」

「まあ、旅は道連れ、世は情けだ」

　と旅慣れた亭主がちゅう吉の足に軟膏《なんこう》を塗り、手拭《てぬぐ》いを裂いた布で肉刺の上

を手際《てぎわ》よく巻き、

「草鞋は自分で履くんだぜ」

と言った。

「すまねえ、親方」

「おれっちは江戸に戻りだ。おめえはどこに行くんだ」

「日光だよ」

「ほう、おこもさんの日光詣《もう》でか、風流でいいや。元気でな」

と言い残した夫婦連れが江戸に向って草加松原から姿を消した。

「こいつは楽でいいや」

草鞋の紐を結んだちゅう吉は立ち上がり、その場で歩いてみた。

「よし、握り飯を食ったら兄いを追うぜ」

と自らに励ますように言うと、風呂敷包みを解いた。

総兵衛と百蔵が越谷宿の川魚料理屋あらかわ屋に到着したとき、土手道になんとも香ばしい香りが漂っていた。

「おや、なんとも腹に堪《こた》える匂《にお》いだな」

「総兵衛様、これが鰻の蒲焼きを焼く匂いだよ。匂いだけでも飯が何杯も食えるというほどの蒲焼きだよ、丼《どんぶり》に垂れをかけた蒲焼きを乗せて食うと頰《ほ》っぺたが落ちるぞ」

「頰っぺたくらい何度でも落とそう」

と総兵衛が答えたとき、

「おや、百蔵さん、お着きかね」

とあらかわ屋の女衆のおつたが出迎えて、総兵衛の顔を見て愕然《がくぜん》として言葉を失った。

「どうかしたかえ、おつたさん」

「お、おまえさんの主様はこんなに若いだか」

「十代目を継がれたばかりだ。先代が早死になさったでな、若くしての跡継ぎだ」

「おっ魂消《たまげ》ただ。なんともいい男でねえか、旅役者も比べもんにならねえだ」

「おつたさん、旅役者とうちの旦那を比べてどうするよ、ほれほれ、よだれが口の端から垂れてるよ。それより座敷に案内してくんな」

天松が前もって注文していたせいで、直《す》ぐに蒲焼きを載せた丼が運ばれてきた。焼き立ての蒲焼きを賞味して総兵衛と天松は大満足した。なんとも美味《おい》しい越谷宿の蒲焼きだった。

「総兵衛様、百蔵の父つぁん、このまま日光まで突っ走れそうだ」

と天松が満腹の腹をさすった。

総兵衛に命じられた天松が支払いを済ませて、再び主従三人は日光道中に出た。

本陣で昼餉《ひるげ》を食した本郷一行もちょうど行列を組み直して、今宵《こよい》の宿泊地の粕壁を目指して出立しようとしていた。

越谷から粕壁まで二里二十八丁（約一一キロ）、およそ一刻半の道のりだ。

百蔵は総兵衛に願って天松を粕壁宿に先行させ、大黒屋馴染《なじ》みの油屋に走らせ、離れを予約させた。

本郷康秀一行は予定どおりの七つ（午後四時頃）の刻限に本陣高砂屋彦右衛門方に入り、用心棒組は百蔵が天松に予約を入れさせた本陣近くのその油屋に分宿した。

油屋では大黒屋の主総兵衛の到来に注文どおりに離れ屋を用意して待っていた。

その刻限、ちゅう吉はようやく越谷宿によろめくように入り、偶然にも総兵衛らが鰻の蒲焼きを昼餉に食したあらかわ屋の軒下に潜り込み、

「この香ばしい匂いはなんだ」

と思いながら、陸奥屋の主がくれた三つ目の握り飯を食して、眠りに就いた。

ちょうど五つ(午後八時頃)の刻限だった。

四

百蔵は総兵衛と天松が離れの湯に入ったのを見て、油屋の台所に顔を出した。

すると番頭の岩蔵がいて、

「百蔵さんよ、大黒屋の主は若い上に男前だね、まるで歌舞伎《かぶき》役者だよ」

と声をかけてきた。

「番頭さん、こたびの旅は曰《いわ》くがあるだよ、内緒にしてもらいてえな」

と釘《くぎ》を刺した百蔵に、

「百蔵さんが釘をさすところを見ると粋筋《いきすじ》かね」

「まあ、そんなところといいてえがね、商いの旅でね、商売仲間に知られたくねえだけだ。古着屋も近頃じゃ古い衣類や裂織《さきおり》ばかりじゃあやっていけねえからね。新しいものに手えつけねえと食っちゃいけねえ時節さね」

「江戸の大黒屋さんでもそうかい。この一円には桐生《きりゅう》、足利《あしかが》、結城《ゆうき》と織物どころがあるからね」

「そういうことだあ」

と答えた百蔵は湯殿が賑《にぎ》やかだね、と岩蔵に問うていた。

「本陣に将軍様の名代で日光詣でをなさる本郷様とかいう御側衆《おそばしゅう》が泊まっておられるんだがね、その警護を務める浪人さん方だよ。直参旗本の家来はこの節頼りにならないのかね」

「それもご時世だ。相湯をさせてもらおう」

「柄が決してよくないよ。いちゃもんでもつけられると事だよ、百蔵さん」

「爺《じじい》になんの注文つけても一文も出ねえよ」

「おまえさんは総兵衛様の連れですよ、おまえさんになくとも主の懐《ふところ》は潤《うるお》っておられよう」

「岩蔵さん、そいつは内緒と願ったよ」

「おお、そうだった、そうだった」

と自らを得心させる岩蔵を台所において百蔵は母屋《おもや》の湯殿に行った。すると浪人ばかりが湯殿を占拠していて、大声で喚《わめ》くように話し合っていた。

「大身旗本が衆道好みとはな、世の中いくらも美形の女はいようが」

「気持ちが女に向かないのだ。おぬしのように食売女《めしうりおんな》ならなんでもいいというのも困りものだが、なにも江戸からかげまを連れてこなくともよかろう」

「われら、かげまの警護で日光詣でか」

「かようなことがないと日光詣ではできぬからのう」

「まあ、そうじゃが」

というところに百蔵が、

「ご免くらっせ、相湯を願いますべ」

とよろよろ湯殿の洗い場に入っていった。

「爺、湯はわれらの貸きりである、あとにせよ」

「えっ、いくつかと訊《き》かっしゃるか。わすは結城の甚平《ずんぺえ》だ、今年で六十と七つだ。おまえ様方は武者修行かね」

と大きな湯船によろめきながら歩み寄り、ぺたりと尻餅《しりもち》をつくように湯船の縁に座り込んだ。そして、湯船から睨《にら》む浪人剣客に、にいっと笑ってみせた。すると前歯が一本抜けていて、間の抜けた顔になった。

「わすは湯が大好きだ。はあ、半刻《はんとき》でも一刻でも入ってられるだ」

「爺、あとにせよと命じておる」

「わすが元気そうだと言いなさるか。はあ、毎日肥桶担《こえおけかつ》いで野良《のら》でてよ、体を動かすだでな、どこも悪くねえだ。歯も耳もなんも悪くねえ」

「叩《たた》き出しますか、大野丸様」

と若い浪人がお伺いを立てた。

「継治《つぐはる》、耳が遠い爺など放っておけ。騒ぎ立ててはあとの酒が不味《まず》い」

気楽流蛭川永之進の腹心の大野丸一学が若い仲間に言った。

「われらも本陣泊まりかと思うたら、旅籠《はたご》だと。このような機会でなければ本陣など泊まることなどないと楽しみにしていたのだがな」

と壮年の武芸者がぼそりと言った。

「日坂氏《ひさかうじ》、主が閨《ねや》にかげまを引き込む本陣に泊まらされて、警護を命じられるなどご免蒙《こうむ》りたいものよ。本郷様の供侍の御目付の三人は、出来ればわれらと代わりたいという顔をしていたぞ」

「大野丸様、蛭川先生も、なに、わしは本陣かという表情で、ぼそりと、酒も飲めぬではないかと不満を洩《も》らされておられましたぞ」

「つまりわれらが当たり籤《くじ》を引き当てたわけだ」

「大野丸どの、われらを同道するいわくがござるのか。おぬしの得意の原田流槍術《そうじゅつ》の出番がござるのか」

と壮年の武芸者が質《ただ》した。

百蔵は湯船の端で両眼を閉じ、口をあんぐりと開けた呆《ほう》け顔で湯に浸《つ》かっていた。

大野丸がちらりと百蔵を見たが、尋ねた相手に視線を戻した。

「わしも仔細《しさい》は聞かされておらぬ。じゃが、日光代参はかたちばかりでな、本郷様は日光の東照宮でどなたかに密《ひそ》かに面会なさるのが本筋じゃそうな」

「どなたかとはどなたのことで」

「日坂氏、わしも知らぬ。そなたらも詮索《せんさく》はせぬことだ。ために一日二分の給金が支払われるのだ」

「わが田宮流居合に対して二分はなかろう」

「日坂氏、それが不満なれば江戸に戻られてもよいぞ。無事に務めた暁には日当の他に二両の報奨金が出るよう蛭川様が掛け合うておられる」

「ならば我慢致そうか」

「ご一統、給金の不満よりわれらが雇われた理由を知りたいと思わぬか」

「おお、そのことですよ。出立前に水府一刀流城戸陣八郎どの一派の姿が忽然《こつぜん》と消えましたな」

「継治、城戸一派を始末した相手は、江戸の古着問屋の大黒屋一派じゃそうな」

「われらの相手は古着屋ですか」

「岩舘継治《いわだてつぐはる》、おぬしは西国生まれゆえ大黒屋のことは知らぬようだな。大黒屋一派を甘く見ると城戸陣八郎の二の舞になる」

「城戸氏も始末されたので」

「本郷屋敷に潜り込んでおった大黒屋の密偵を摑《つか》まえたまではいいが、撲《なぐ》れど蹴《け》れど爪《つめ》を剝《はが》せど口を開かぬ。業を煮やした城戸氏らはその者を責め殺して、見せしめに大黒屋の前の堀に骸《むくろ》を投げ入れたところ、その夜のうちに大黒屋一派に始末されたそうな」

「日坂氏、そなた、それをどこで」

「知ったかと聞かれるか。昼食《ちゅうじき》の折、厠《かわや》で、本郷家の家来二人が話しているのを小耳にはさんだのだ。城戸どのの配下の一人とその昔、金子に困り、押し込みをしたことがござってな、浜西翔太というたが、もはやこの世の人ではあるまいと思う」

と日坂某が推量を含めて告げた。

急に湯殿が静かになった。長い沈黙のあと、

「大黒屋一派がわれらの道中を見張っておると申されますか、日坂様」

「継治、ためにわれらが雇われておると思わぬか」

「二分は安いかもしれぬ」

「どこのどなたが何事もないのに旅に連れ出し、飲み食いさせて二分の日当を払うものか。継治、かようなときは命を張っての仕事と覚悟するのが常識じゃぞ」

「大黒屋の一味はどれほどで」

と継治の声が緊張していた。

ぶうっ
と鈍い音が湯の中から響き、百蔵の顔の前に大きな泡が浮かんできて、割れた。すると屁《へ》の臭《にお》いが漂った。

「こやつ」

日坂が百蔵を摘《つま》み出そうと立ち上がったが、百蔵は気持ちよさそうに湯の中で眠っていた。

「騒ぎを起こすのはよせ」

と大野丸が日坂を制止した。

「大黒屋一味が従っておるかどうかも分からぬ。だが、見張られていると思うたほうがいい」

と大野丸が言った。

「大黒屋とは何者です」

「隠れ旗本とも下忍の集団ともいわれておるそうな。じゃが、正体は不明だ」

「本郷丹後守様も知らぬので」

「いくらなんでも本郷様は承知であろうよ」

「そのような旅にかげまを連れてこられたので」

「色の道は御用とは異なる話でな。いや、御用の筋で緊張がある分、本郷様もかげまに耽溺《たんでき》されておるのかもしれぬ」

「大野丸様、われらの務めは命を張る覚悟を要するものなのですな」

とそれまで沈黙を守っていた剣術家が聞いた。

「念には及ばぬ」

と答えた大野丸が、

「われらの出番がいつどこで出てくるか知らぬ。だがな、大黒屋一派がわれらを尾行しているなれば、その一派を公儀御庭番衆が必ずや突き止めて知らせてくる手筈《てはず》になっておる」

「えっ、本郷様を上様の御庭番衆が影警護しておるのでございますか。となると大黒屋はわれらの他に御庭番衆も相手にすることになるわけですか」

と若い岩館継治の声には安堵《あんど》の響きがあった。

「よし、湯は十分じゃ、部屋に戻って酒を呑《の》もうではないか」

日坂元八郎《げんぱちろう》が言い、湯船から立ち上がった。そして、じいっと百蔵の居眠りする様子を眺めていたが、右手の手拭《てぬぐ》いの端を左手で摑んで左腰に回し、

「うっ」

と押し殺した声とともに居合術のごとくに左手の手拭いの端を放つと、手拭いが円弧を描きつつ一条の光になって、眠りこける百蔵の顔の前に迫り、風圧がその顔を湯の中に沈めた。

あっぷっぷ
と驚きあわてふためいた様子の百蔵が眼をさまし、湯の中でじたばた騒いだ。

その様子を見ていた日坂が、

「もうろく爺《じじい》が」

と呟《つぶや》くと湯船を出た。

百蔵は大野丸らが脱衣場から姿を消すまで再び湯の中で狸《たぬき》寝入りを続けた。

離れ座敷に戻るとすでに膳《ぜん》が三つ用意されて、総兵衛と天松が百蔵の帰りを待ち受けていた。

「百蔵父《とっ》つぁん、長湯だったね。用心棒侍から話を聞くことができましたか」

と天松が尋ねた。

「ふっふっふ、田舎爺の真似《まね》えして湯船で眠りこけたふりしたら、べらべらと喋《しゃべ》りやがった」

と前置きした百蔵が総兵衛に見聞きしたことを報告した。

「本郷康秀様はどなたかと日光で面会するか」

「あの者どもは知らぬようだわ。おそらく本郷以外は知らぬとみたがな」

「百蔵の父つぁん、御庭番衆が密かに同道しているそうだが、その気配を感じたことがありましたか」

と天松が百蔵に訊いた。

「いや、これまでのところはねえな」

「夕餉《ゆうげ》を食し終えたら、私がこの界隈《かいわい》をひと廻りしてきましょうか、総兵衛様」

「いや、そなたら二人が感じないのなら未《ま》だわれらの側《そば》にはおらぬのであろう。万が一のときに備えて体を休めておこう」

総兵衛の命で夕餉が始まった。


「だれだ、おめえは。子どものおこもが軒下に眠りこけてちゃ、しょうがあんめいよ！」

とちゅう吉は女の大声に起こされた。

夏の光が軒下を照らし付けていた。

「ああ、寝坊をしちまったぞ」

「寝坊をしちまったぞではねえ。人様の軒先を借りておいて礼の言葉もねえか」

「すまねえ、姉さん。旅慣れねえものでよ、つい寝過ごしちまって悪いことをした。許してくんな。すぐに出ていくからよ」

「おこもさん、どこへ行くだ」

「日光のほうだよ」

「日光のほうだと、なんだそれは」

「人を追いかけているのさ」

「ふうん、なんだか事情がありそうな」

「公方《くぼう》様の代参で日光に行かれるお侍を追っているんだよ」

「なんだと、おこもが公方様の代参のお武家を追うだと。たしかに昨日、ここの地を通られたがな。そういえば大黒屋の主様三人組も日光詣《もう》でと話されていたな」

「えっ、姉さん、総兵衛様や天松兄いと知り合いかい」

「おこもさん、おまえさんこそ大黒屋さんと知り合いだか」

「ああ、おりゃ、昵懇《じっこん》の間柄よ」

「餓鬼のおこもが大黒屋と昵懇の間柄だと」

「嘘《うそ》じゃねえ、天松兄いに急ぎ知らせに走るところだがよ、旅慣れねえから肉刺《まめ》をこしらえて、この様だ」

ふうん、と鼻で返事をした姉さんが、

「よし、おこもさん、足の肉刺を見せな。秘伝の薬草の練り薬で治療をしてやるよ。ばんばん歩けるようになるべ、そうしたらよ、なんとか明日の宇都宮辺りまでには追いつくべえ」

とちゅう吉を縁台に座らせた。

手拭いを裂いた包帯を解くと昨日塗られた膏薬《こうやく》のせいか、だいぶ肉刺の痛みは去っていた。

「きたねえ足だな、だが、使い込んだ足だ。これなればすぐに肉刺なんぞ治るべえ。肉刺が固まれば旅人も一人前だ」

と言いながら、総兵衛らを接待した姉さんが秘伝という塗り薬を塗り、油紙と手拭いで包帯をしてくれた。

「ありがてえ、姉さん」

ちゅう吉は礼をいうと新しい草鞋《わらじ》を履いた。

「これでばんばんだぜ」

「おこもさん、腹は減ってねえか。大黒屋の三人組に追いつくには今日一日休みなしに日光道中をいくしかねえべ、炊《た》き立ての飯で握りを作ってやるからちよいと待ちな」

と姉さんが親切にもいうと奥に姿を消した。

「渡る世間には鬼はいねえもんだな」

とちゅう吉は昨日からあれこれと受けた親切の数々を思い出していた。

越谷から粕壁へ二里二十八丁（約一一キロ）、粕壁から杉戸《すぎと》へ一里二十八丁（約七キロ）、杉戸から幸手宿へ一里二十五丁、ちゅう吉は竹杖《たけづえ》を手に腰の竹筒に入れた水を飲みながらひたすら歩いた。

腹が減ったら、あらかわ屋の姉さんが炊きたての飯で作ってくれた握り飯を食いながら黙々と歩いた。

八つ半（午後三時頃）過ぎに、日光御成道と日光道中がぶつかる幸手宿の三《みつ》俣《また》を抜けた。幸手は、

「いにしへは田宮町と唱へしを元禄《げんろく》の頃、幸手町と改め、今は宿といふ」

と道中記にあるように二つの街道がぶつかる宿場ということで栄えたところだ。

ちゅう吉は休みも取らずに先へ進んだ。また肉刺が痛み出したが、足を休めることはなかった。あらかわ屋の姉さんが、

「いいかえ、今日じゅうになんとしても栗橋《くりはし》宿に辿《たど》りついてよ、船渡しに乗ってよ、中田宿に渡るんだよ。それができねえならば、大黒屋主従にはいつまで経《た》ったって追いつくめえよ」

と忠告したのだ。

幸手から栗橋へ二里三丁（約八・三キロ）、なんとか七つ半（午後五時頃）の刻限に栗橋宿に入ることができた。

ちゅう吉の目の前に利根川が流れていた。

（よし、なんとか間に合ったぞ）

川渡しの関所を横目にちゅう吉は渡し場のある河原に下りた。

「房川《ぼうせん》有り。幅大概《おおむね》二百十四間（約三八五メートル）、常水川幅四十間ほど。船渡しなり。此《この》川水源は西之方は、烏川《からすがわ》、鏑川《かぶらがわ》、神流川《かんながわ》より流来、北之方は思川《おもいがわ》、巴波川《うずまがわ》、佐野川、渡良瀬川《わたらせがわ》より流来、流末は下総国《しもうさ》佐原《さわら》より津之宮《つのみや》の海へ落ちる。此川一体利根川なれども、此所にては房川とよぶ」

と道中記に記された大河だった。

ちゅう吉は渡し船が対岸からくるのを見て、ようやく渡し場にあった木の株に腰を下ろした。

越谷から休みなしに歩き通してきたのだ。両足はばんばんに張り、肉刺は熱を持っていた。だが、ちゅう吉は歩き通した満足感にほっと安堵していた。

あらかわ屋の姉さんが、

「いいか、栗橋の渡し船に今日じゅうに乗ってよ、中田宿に着くなれば、公方様名代の泊まる古河城下はもう一里二十丁（約六キロ）とねえ。明日には追いつく勘定だ。ともかく今日が勝負だな」

ともちゅう吉に言い聞かせ、送り出したのだ。

渡し船がゆっくりと栗橋の岸辺へと着いていた。

この渡し場、馬船、茶船、乗合船の三種が往来していた。

馬船とは馬四頭を運べる馬専用船で、茶船は十石積の荷船だ。乗合船はむろん人を往来させる船で、武家は無料《ただ》、その他の旅人はひとり五文の渡し銭を払った。

ゆっくりと乗合船が着き、ぞろぞろと旅人たちが下りてきて、急ぎ栗橋宿へと土手を上がって行った。

ちゅう吉は五文の銭を手に渡し船に乗り込もうとしたとき、武家二人が手でちゅう吉を制止して先に乗っていった。

ちゅう吉はその顔を見たとき、覚えがあると思った。

湯島天神下のかげま茶屋花伊勢に本郷康秀が歌児を呼ぶ折、姿を見せる二人だった。その二人が日光道中を旅していた。

偶然のことだろうか。

ちゅう吉は助《すけ》船頭に五文を払って、二人の武家に背を向けるようにして隣り合わせに座を占めた。

「乗合の衆よ、仕舞い船が出るぞ!」

と船頭が渡し場じゅうに通る声で叫び、土手道を男女の二人連れが慌《あわ》ただしくも駆け下ってきて、最後に乗り込んだ。

乗合船が栗橋を離れて中田側の渡し場へと向かった。

「本郷様は今宵《こよい》古河城下じゃな」

「間違いなく到着しておられましょう」

二人の武家が囁《ささや》き声で会話を交わした。だが、ちゅう吉の耳にはきちんと届いていた。かげま茶屋の天井裏や床下に潜んでかげまの安全を図る仕事で口を養ってきたのだ。五感は二人の潜み声の会話を聞き逃さなかった。

「室田、明日じゅうに宇都宮で追いつく」

と囁く声のあと、会話が途絶えた。

乗合船が流れの中ほどに差し掛かったとき、

「大黒屋一味も城下におろうな」

「間違いないと思います」

ちゅう吉はこの会話を聞いて、即座にこの二人に食らいつくことを決心した。

第四章　菅公《かんこう》の折り紙

一

下総《しもうさ》国葛飾《かつしか》郡の利根川左岸の中田宿は、

「地名の起り、開発の年代詳《つまびらか》ならず。往古は陸奥街道にて、今の宿より上、元屋舗といふに人居あり」

と古書に記録があるだけで定かならずとか。ただし日光道中の宿駅と定められたのは元和《げんな》七年（一六二一）のことだ。

日光代参に向かう本郷丹後守《たんごのかみ》康秀の配下とちゅう吉が勘違いした二人は、旅籠《はたご》六軒の小さな中田宿の一軒に泊まった。

この日、二人は江戸から一気に歩いてきた様子で一里十八丁（六キロ弱）先の古河城下に本郷康秀一行を捉《とら》えた安心感からか、一つ手前の中田宿に泊まったと思えた。

ちゅう吉は二人が泊まった旅籠の出入りを見通せる人足宿の軒下の縁台でそこにあった筵《むしろ》を被《かぶ》り、あらかわ屋の姉さんがくれた握り飯を食い、水を飲んで眠りに就いた。眠りに落ちる前、

（天松兄いと明日会えるぞ）

という考えが脳裏に走った。だが、兄い、怒らないかなと思ったりしているうちに眠りに落ちた。

翌朝七つ（四時頃）、二人の武家の泊まった旅籠の戸が開く音にちゅう吉は慌《あわ》てて眼を覚ました。昨夜五つ（午後八時頃）の刻限から七つまで熟睡したので、なんとなく肉刺《まめ》も熱が引き、傷口が固まりかけた予感があった。

ちゅう吉は手早く身支度を終えた。すると、

「お気をつけて」

と番頭に見送られて二人の旅人が姿を見せた、武家姿ではなかった。

ちゅう吉は、最初この二人が渡し船で背中合わせに座った侍二人とは思わなかった。

昨夕と異なり薬売りのなりに身を窶《やつ》していたからだ。だが、床下からかげま茶屋に出入りする人間の挙動を眺め暮らしてきたちゅう吉の第六感が、

（あの二人だ）

という警鐘を鳴らしていた。

扮装《ふんそう》の道具はこの旅籠に預けていたか、江戸から旅籠に前もって送りつけていたと思えた。ということは本郷の家来ではなく密偵か。

二人は白み始めた日光街道を足早に古河城下へと向かった。

ちゅう吉は履き慣れてきた草鞋《わらじ》の紐《ひも》を固く結んで破れ笠《やがさ》をかぶり、竹杖《たけづえ》は捨てることにした。少しでも相手方に見られたときの印象を変えるためだ。肉刺が治りかけたこともあって、余裕が生まれていた。

足早に進む薬売りたちは手に幟《のぼり》を巻き付けた竹棹《たけざお》を手にしていた。

ちゅう吉は半丁（約五五メートル）ほど間を置いて、あとをつけた。相手が密偵ならば、ちゅう吉は物心ついたときから独りで必死に生き抜いてきたおこ

もだ。

おこもまた人の目に触れぬように注意を惹《ひ》かぬように生きる術《すべ》を自然に身につけた者といえた。

二人のあとにちゅう吉はぴたりと従い、古河城下に入った。

その時には夏の朝は明け切り、日光道中と奥州道中を兼ねた街道には多くの旅人が歩いていた。

ちゅう吉は二人の背を追いつつも辺りに目を配ることを忘れていなかった。

道中から西の方角に松林があって譜代大名七万石土井大炊頭《おおいのかみ》の居城の櫓《やぐら》が見えた。

将軍家の日光社参の折の二日目の宿だ。

（歌児も天松兄いもわずか一里ほど先を歩いているだろうか）

古河城下を過ぎると一里足らずで野木《のぎ》宿があった。

前をいく薬売り姿の二人は野木には目もくれず、一里二十七丁（約七キロ）先の間々田《ままだ》宿へとひたすら前進した。

ちゅう吉の腹がぐうっと鳴った。だが、もう食べるものはなにも持ってない。

竹筒に残った水を飲んで、腹の虫が鳴くのを押さえ込んだ。

ちゅう吉は知らなかったが古河と宇都宮の両城下の間には野木、間々田、小山、新田《しんでん》、小金井、石橋《いしばし》、雀宮《すずめのみや》と多くの宿場があって、一日の行程としては十一里十丁（約四五キロ）と長かった。

なんとなく天松兄いの匂《にお》いを風の中に嗅《か》いだような気がした。

古河城下から野木、間々田を経て小山に入ったとき、ちゅう吉は、

「大きな宿だぞ」

と呟《つぶや》き、薬売りたちがめし屋にでも入ってくれないかと願った。

中田からすでに五里二十三丁（約二三キロ）を歩き通して、五つ（午前八時頃）前の刻限と思えた。薬売りたちは五里二十三丁を休みなしに二刻《ふたとき》足らずで歩き通していた。

下野国《しもつけ》都賀郡《つが》小山は、

「小山は和名抄《わみょうしょう》にも見えたれば、ふるき地名なることを知るべし」

と承平《じょうへい》年間（九三一〜三八）に成立した和名類聚抄《るいじゅ》に登場するそうな。また、

その町並みは、

「小山の町長し。此《この》町昔は甚《はなは》だ広かりといふ。町中に所々寺あり」

と『名勝記』なる道中案内にあるがごとく、街道の両側道だけの宿場ではなかった。

ちゅう吉が感心しながらも前方の薬売りに視線を凝らしていると、二人は小山宿を素通りして先を急いだ。

「ちえっ、ここでも休まずか」

ちゅう吉は腹も減ったが、また肉刺が痛み出していた。

小山宿から佐野道、さらには結城道と二つの分かれ道があり、その付近には飯屋や茶屋が多く軒を連ねて旅人に呼びかけていたが、さすがに餓鬼のおこもに声をかける者はいなかった。

結城道の分岐を過ぎると小山外れの棒杭《ぼうぐい》が見えた。そこが宿と道中の境目だ。その付近にも飯屋が集っていて、薬売りが不意にその一軒に入っていった。

どうやら朝餉《あさげ》と昼餉を兼ねた飯を食するらしい。

となるとおれもとちゅう吉は辺りを見回した。すると駕籠《かご》かきや馬方が集う板屋根の軒から簾《すだれ》を垂らしただけの安直な飯屋を見つけた。

ちゅう吉が飯屋の表に立つと、

「おこもは裏口だべ」

と女衆《おなごし》が怒鳴った。

「姉さん、めし代は持っているよ。朝めしも食ってねえんだ、なにか食べさせておくれよ」

ちゅう吉が願うと、すがめの女がこちらの風体を見て、

「銭を見せな」

と迫った。

ちゅう吉は女に背を向けて、首にかけた巾着《きんちゃく》から銭を摑《つか》みながら、

「姉さん、朝めしはいくらだ」

「おめえ、用心深いな、贋金《にせがね》じゃあだめだぞ。本物の銭で二十二文、びた一文かけてもだめだ」

「あいよ。ちゅうちゅうたこかいな」

と声を出して数えたちゅう吉は巾着を懐《ふところ》に仕舞って振り向き、女衆に銭を渡した。

「おめえ、賽銭《さいせん》泥棒で得た銭じゃあるまいな」

「おきちさんよ、おこもだろうがなんだろうが銭を払えば客だべ。ちゃんと盛りよくめしを出してやんな」

と年寄りの馬方が女衆に言い、おきちが奥へと入っていった。

「おこも、ここに来て切株に腰をかけな」

馬方が客待ちする場の側《そば》を差した。

「親方、すまねえ」

と礼を述べたちゅう吉は薬売り、いや、密偵と思われる男たちが立ち寄った茶屋のような飯屋を振り見た。

二人が開け放たれた板の間に向き合って座っているのが遠目に見えた。

「どこにいくだ、おめえ」

「日光だよ。亡《な》くなったお父《とっ》つぁんとおっ母さんが死ぬまでに一度は行ってみたいと言い暮らしてきたんでさ、日光詣《もう》でを代わりにしているところだ」

「感心なことだ。てめえら、聞いたか」

年寄りの馬方が仲間たちに言い、ちゅう吉の作り話に素直に感心してくれた。

ちゅう吉は二親の顔も知らなければ、親の名さえ知らなかった。物心ついたころから湯島天神の床下で暮らしてきた記憶しかない。だが、時に二人の男女と旅をしている景色をおぼろげに思い出すことがあった。その二人が両親であったかどうか、もはや知る術はなかった。

「お伊勢参りならばよ、竹柄杓《たけびしゃく》一本あれば銭使わずに道中もできる。だが、神君家康様の菩提所《ぼだいじょ》の日光詣では物入り金入りだ。物乞《ものご》いしたところで、野州《やしゅう》の人間はしぶり屋だ、博奕《ばくち》に使う銭はあっても、おこもに喜捨する気持ちはねえからね」

老馬方が問わず語りにちゅう吉に話した。

「親方、上様の名代《みょうだい》の行列は通ったかい」

「なに、代参行列か。ああ、半刻《はんとき》（一時間）前に通り過ぎただ。おめえ、知り合いか」

「おこもが上様のお使いと知り合いだって、そんな馬鹿《ばか》なことがあるものか」

「ところがだ、本郷なんとか様はよ、かげまを連れて日光代参だとよ。そんな話はまずあるもんじゃねえ。としたら、おこもと大身旗本が知り合いであったとしても不思議はねえべ」

「親方、馬鹿こくでねえよ。殿様は殿様、おこもはおこもだ、身分が違うだ」

最前の女がちゅう吉の朝めしを運んできて、傾《かし》いだ卓の上にどーんと置いた。

「めしと汁はなんぼも代わりしていいだ、好きなだけ食え」

言葉遣いは乱暴だが、女衆は親切にもそういった。

丼《どんぶり》めしに大根の千切りと油揚げの味噌汁《みそしる》、干瓢《かんぴょう》と大根の煮付けが朝めしだった。温かいめしと味噌汁がなんとも美味《うま》かった。

ちゅう吉ががつがつと食べる様子を馬方が笑いながらみていた。


一方、総兵衛主従は、小山から一里十一丁（約五キロ）先の新田《しんでん》を過ぎて、野州の広々とした田園風景の中にいた。およそ二丁（約二〇〇メートル）先を家《いえ》斉《なり》名代の本郷康秀一行がいくのが見えた。

「総兵衛様よ、日光で務めが終ったらよ、わしが桐生にも結城にも案内するでな。この界隈《かいわい》は木綿畑はねえがよ、桑畑は見えるじゃろうが、蚕様を育てて繭《まゆ》から絹糸を紡《つむ》いで、機《はた》で織る女名人があちらこちらにおるでよ」

と百蔵が言った。

百蔵は総兵衛に道々武州、野州の織物や染めを説明したがったが、なにせ相手がある道中だ。話に興味を感じても総兵衛らは、足を止めて見物に回るわけにはいかなかった。

「百蔵、まずは日光の御用を果たすことですよ」

その結末がどんなものか、総兵衛にも見当がついていなかった。

「総兵衛様、イマサカ号と大黒丸が深浦の船隠しを出て、外海を北へ走っているころではございませんか」

と天松が話しかけた。

「いや、あれほどの大船がそれなりの航海に出るのです。もう数日要しましょうな」

イマサカ号と大黒丸は総兵衛の日光での首尾を待って出船することになっていた。

「総兵衛様、金沢の御蔵屋《みくらや》様と京のじゅらく屋様に荷を降ろしますので」

天松は総兵衛らがイマサカ号に積んできた今坂一族の財産の一部を金沢と京

で売り立てることを承知していた。

「たしかに金沢も京も話では関心は見せておいでのようですが、あのようなものは見ずして売り買いするものではありません。こたびは私どもが積んできた一部を見本としてお見せする航海になりましょうな」

総兵衛は一番大きな商いは、加賀藩がイマサカ号に搭載してある六十六門の大砲に関心を示すかどうかと思っていた。むろん加賀藩の江戸藩邸で下相談は終っていた。カロネード砲、二十四ポンド砲、十二ポンド砲など六十六門のうち、二十門の砲と砲弾を加賀藩が購入するならば、巨額な取引きをなすことになる。そして、十月の交易に弾みがつき、二艘《そう》の交易船に積載する荷をさらに買い増しすることもできる。

だが、総兵衛は、さすがに小僧の天松にはそこまで詳しく話すことはしなかった。それより航海への下準備に後見の信一郎らが寝る間もなくあたっているはずと江戸と深浦の多忙を思いやった。

天松は長閑《のどか》な夏の畑作地を歩きながら、なんとなく後ろを意識させられていた。それは昨日からのことだった。

「百蔵の父つぁん、背筋がときにぞくぞくすることがある。だれぞが私どもの後ろを尾《つ》けているということはありましょうか」

「天松、夏風邪ではねえか」

と百蔵が話をいったん逸《そ》らし、

「わしも昨日あたりからだれぞに尾けられているような感じがしていたぞ」

と答えていた。

「私め、これより後ろを確かめてきとうございます。総兵衛様、宜《よろ》しゅうございますか」

「構いませぬ」

総兵衛の即答に、ならば、と走りだそうとした天松に、

「小僧さん、背の荷をわしに貸せ。そなたの得物だけを手にして事にあたれ」

と百蔵が命じ、天松が負うた背負子《しょいこ》を背から下ろし、懐に小刀と鉤《かぎ》の手付きの麻縄を入れて百蔵に預けた。

菅笠《すげがさ》にはちゅう吉がお守りだとくれた菅公《かんこう》の折り紙がぶら下がって、ひらひらと風に揺れていた。

「天松、道中で落ち合えないとなれば、宇都宮城下の曲師町《まげしちょう》の旅籠《はたご》寅屋《とらや》弐兵衛《にへえ》様方に投宿する予定ゆえ、そこにこい」

百蔵が天松に告げた。

「百蔵の父つぁん、承知した。それでは総兵衛様、のちほどに」

と挨拶《あいさつ》した天松が身軽になって、今来た日光道中を引き返しはじめた。

「総兵衛様、参りましょうかな。赤柄の槍《やり》がだいぶ遠のきましたぞ」

百蔵がいうように本郷代参行列の一行は四丁（四〇〇メートル余）も先に離れていた。とはいえ、見逃す目標ではなかった。

昨夜も古河城下の本陣に泊まった本郷康秀の寝所近くまで、百蔵と天松は忍び込んだ。すると五つ（午後八時頃）の刻限に寝所に下がった本郷は、同道したかげまの中村歌児に無体なことをしかけて弄《もてあそ》んでいるらしく、一刻《いっとき》以上も歌児がなんとも言い難い喘《あえ》ぎ声を洩《も》らし続けて、本郷が寝に就いたのは四つ（午後十時頃）過ぎのことだった。

「わからねえ」

と思わず百蔵が洩らした。

「百蔵、なにが分かりませせぬな」

「いえね、世の中は陰陽あって成り立つもんだよ。それがさ、男が男を好きになり、あれほど歓喜の声を洩らすなんど、この百蔵には分からねえと申してお るんですよ」

「ふっふっふ」

と笑みを洩らした総兵衛が、

「この総兵衛とて分かりませぬよ。ただし、どこの国にも男が男を好きになり、女が女に惚《ほ》れるというお方はございますよ」

「神様も間違いをしでかしたかね、それならそれでいい。だがね、総兵衛様よ、本郷康秀様は内儀がおられて二男三女をもうけられておられるんだよ」

「嫡子《ちゃくし》がおられますか」

総兵衛はこれまで本郷康秀の家庭について知らなかったことを百蔵に教えられた。

「長男は十一歳でね、次男は九つ、二人して賢い若様と聞いとりますよ」

「二男三女の子宝ですか」

と応じた総兵衛の脳裏に一人の娘の顔が浮かんだ。

坊城桜子《ぼうじょうさくらこ》だ。

この道中から戻ったら、根岸の音無《おとなし》屋敷を訪ねるか、富沢町に招こうと考えていた。

ちゅう吉は大根と油揚げの味噌汁を二杯お代わりして丼の大盛り飯を平らげた。

「ほう、よほど腹を減らしていただな」

とちゅう吉の食べっぷりを見ていた馬方が呟《つぶや》いた。

「美味《おい》しかったよ」

「ならば姉さんに茶をもらえ」

という馬方に頷《うなず》きながらふと薬売りの二人に視線をやって驚いた。姿が消えていた。

「た、大変だ」

「どうした、おこもさんよ」

「あの飯屋で食べていた薬売りがいつの間にかいなくなってるよ」

「われは薬売りと関わりがあるのか」

ちゅう吉の険しい視線を見ていた馬方が、

「あの飯屋は裏の出口があってよ、日光道中と裏道が並んでるんだよ。薬屋は裏の出口から裏道に回ったな」

「親方、世話になったな」

「茶はいいのか」

「親方が飲んでくんな」

と言い残したちゅう吉は、ふと思い付いたように、

「親方、おれのお守りだ。親方の馬に付けてあげていいか」

「馬の背にお守りだと、ああ、なんでもあおの背を飾ってやんな、あおは牝《めす》だでな、綺麗《きれい》なことが好きだ」

ちゅう吉は、懐《ふところ》から菅公の折り紙を出すと鞍《くら》の背に糸を結びつけた。

「商売繁盛のお守りか」

「学問のお守りだ」

「学問は馬方には要らねえな、だが、おめえの道中安全を祈ってつけておこうか。ありがとうよ」

ちゅう吉は頷くと薬売りたちが飯を食っていた立派な飯屋に飛んでいき、女衆《おなごし》に薬売り二人はもう出立したかと確かめた。

「なんだい、おこもさん。薬屋さんなら裏口から出ていったよ、商いをしながら脇道《わきみち》をいくんだとよ」

「お店を抜けさせてもらうよ」

と女衆に言い残したちゅう吉は、飯屋の土間を通りぬけ、裏口から裏道に出た。

こちらも夏の光が降っていたが人影はない。

日蔭《ひかげ》に赤犬が寝そべって、ちゅう吉の気配に目を開けてじろりと見た。

「怪しいもんじゃねえからな。湯島天神の床下のちゅう吉様だよ、寝てな、寝てな」

と犬に話しかけると、裏道を小山外れから新田に向かって走り出した。

日光道中と並行する裏道を新田へとひたすら走ると、開けた風景の中を続く裏道が松林へと消えていた。

ちゅう吉は肉刺《まめ》の痛みを堪《こら》えつつ、薬売りたちの姿を求めて松林に向かってひたすら走った。

額から汗が流れてきて、眼が霞《かす》んだ。

松林の中に木漏れ日が落ちていた。

ちゅう吉は、

「くそくそっ」

と罵《ののし》りながら木漏れ日の射す裏道を走った。すると、
ふわり
と人影が傍らの松の背後から姿を見せた。

薬売り、いや、密偵と思われる男たちの一人だった。

ちゅう吉は後ろを見た。すると後ろももう一人の薬売りによって塞《ふさ》がれていた。

二

「小僧、何用か」

と後ろを塞いだ薬売りが尋ねた。

「先を急いでいるんだ。お侍、通してくんな」

とちゅう吉は顔色も変えずに言ってのけた。窮地に落ちたとき、怯《おび》えるよりも高圧な物言いの方がいいことをおこも暮らしで身につけ、実際これまで何度か切り抜けてきた。

「小僧、われらが武家ということを承知のようだな」

「そんなことだれが言った、おりゃ、知らないよ。薬売りのあとを尾けるだと、一文の得にもならねえよ。だいいち薬売りのおまえさん方とは初めて会ったんだぜ」

動揺したちゅう吉は、あれこれと頭に浮かぶ言葉を喋《しゃべ》り散らしながら、懐に残った最後の菅公の折り紙をぎゅっと握り締めた。

「いや、そうではない。おまえと最初に会ったのは栗橋の渡し船であった。餓鬼のおこもが船賃を出して渡しに乗るなど異なことがあるものよ、と思っておったのだ。われらと背中合わせに座って聞き耳を立てておったな。あの時以来、われらのあとをつけてきた」

「嘘《うそ》だい、お侍よ。勘違いだよ。おれはただこの先の石橋に用事があって先を急いでいるんだよ」

「ほれほれ、語るに落ちるとはそのことだ。われらがどうして侍と分る。薬売りのなりだぞ。栗橋の乗合船でわれらを見ていたからこそ、われらが武家と承知しておるのであろう」

「えっ、そんなこと、おれが言ったって。だってよ、おまえさん方、侍言葉じゃないか。だから、侍と思ったんだよ」

「ああいえばこういうか。餓鬼になんの魂胆があっての所業だ。もはや言い逃れはできぬ」

「ちえっ、そこまで図星ならば致し方ねえや。こっちは路銀に困っているんだよ。侍姿が途中から越中富山の薬売りに化けたのを見てよ、はは あ、こいつはなにか怪しいぞ、銭になると思ったんだよ。だが、こうして見抜かれちゃあ、おしめえだ。ちゅう吉も商売も上がったりだ。もう、おまえさん方の懐を狙《ねら》うのは諦《あきら》めた。おまえさん方もただの鼠《ねずみ》じゃあるめえ。お互い悪党同士がこうして、両手を上げているんだ。許してくんな」

「口先だけは減らぬ小僧じゃな。その口利《くちき》きは在所育ちではないな、江戸の者の口利きだ。さあて、何用あってわれらのあとを尾行しおったか、体に訊《き》くまでだ」

「じょ、冗談はよしてくんな」

天松は、小山宿外れまで辿《たど》りついていた。

棒杭《ぼうぐい》が城下と日光道中の境であることを告げ、その松並木の下に飯屋があって、駕籠屋《かごや》や馬方が客待ちしていた。

天松はその傍らを小走りに抜けようとして足を止めた。

荷馬の背の鞍に竹棒が立てられ、なんと菅原道真公の折り紙人形が糸で吊《つ》られて風に舞っていた。

「親方、ちょいと尋ねたいことがあるんですが」

弾む息を整えた天松が日蔭に寝そべる馬方に声をかけた。

「馬か、宇都宮方面ならいかねえこともねえだ。小山方面は願いさげだ」

「そうではありませんので。この折り紙人形、どうなされたので」

「兄ちゃん、お店《たな》の小僧か手代か。なぜそんなことを訊くだ」

天松は親仁橋でちゅう吉がお守りだと渡してくれたと同じ折り紙人形が菅笠にひらひらするのを馬方に指差して見せた。

「なんだ、おめえもおこもから貰《もら》ったか」

「えっ、おこもですって。まさかちゅう吉って、子供のおこもじゃありますまいな」

「ちゅう吉かどうか知らねえ。最前この飯屋で朝めしを掻《か》きこんだ餓鬼のおこもからあおが貰ったものだ。客寄せに竹棒の先に付け変えてみただ。だが、引っかかったのは客じゃねえ、おめえさんだ」

と親方がお守りをもらった経緯をざっと説明してくれた。

なぜちゅう吉が日光道中を旅しているのか。思わぬ展開だった。

(ちゅう吉め、旅心に誘われて追ってきたのか)

「親方、その者はどうしました」

「二人の薬売りを追って、裏道を新田宿の方角に走っていっただ。それがどうした」

天松はちゅう吉がなにかの事情があって、総兵衛主従を尾《つ》けている者たちを追っていったのだと思い直した。大変だぞ、急いでちゅう吉を見つけないと、命を失うことにもなりかねないと思った。

天松は馬方に詳しくちゅう吉の挙動や様子を質《ただ》した上で、

「親方、助かった。あいつ、おれの弟分なんだよ」

と言い残すと日光道中に並行して新田宿に向かう裏道に向かって走り出した。

「たしかにこのちゅう吉様は江戸育ちだがよ、体に訊くなんぞはよしにしてくんな。なあ、頼まあ、この通りだよ」

懐から菊也親方の血に染まった菅公の折り紙人形を摑《つか》み出し、もう一方の手に合わせて、前方の薬売りのなりの武家に合掌してみせた。

いつしか、背後の薬売りが間を詰めてきていた。

ちゅう吉は逃げ道がないかと、裏道の左右を見回した。だが、松林を抜ける裏道に人影はなかったし、逃げれば薬売りが前後から襲いくるのは眼に見えていた。

（どうしたものか）

ちゅう吉は頭をあれこれと目まぐるしく働かせたが、いい考えは見つからなかった。

「くそっ、仕方ねえや」

ちゅう吉は、裏街道の松林の道の真ん中にどさりと腰を下ろして、胡坐《あぐら》を掻いた。

「江戸は湯島天神が塒《ねぐら》のちゅう吉様だ。もはやじたばたはしねえや。煮て食おうと焼いて食おうと好きにしな」

ちゅう吉はひたすら逃げ道を探して目玉を動かした。それを前方に立ち塞がった野々沢が冷徹にも凝視していた。

「室田、こやつを松林に連れ込んで体に訊こうか」

「野々沢様、ただの鼠じゃありませんぞ、直《す》ぐには喋りますまい。われら、先を急ぐ身、時間はかけられませぬ」

「すぐに喋らぬ時は、縊《くび》り殺して松林に放り捨てていくまでよ」

「じょ、冗談は、よ、よせ」

二人の淡々とした会話にちゅう吉の体に初めて恐怖が走り、がたがたと震えだした。後ろの薬売りの手が伸びて、ちゅう吉の襟首を摑んだ。

ちゅう吉は、ばたばたと暴れながら、合掌していた両手を放ち、片手に握っていた菅公の折り紙人形を路傍に捨てると、松林に逃げ込もうとした。すると前方の薬売りの幟《のぼり》を巻いた竹棹《たけざお》がちゅう吉の行く手を阻《はば》んで、路傍に突き立てられた。

ひゃっ
と悲鳴を上げたちゅう吉はそれでもがさごそと這《は》って逃げようとした。だが、前後から二本の竹棹がちゅう吉の動きを止めて万事休した。

「おまえさん方、御側衆《おそばしゅう》本郷丹後守康秀の家来か、それとも密偵か」

「なんと、こやつ、かようなことまで承知じゃぞ」

「当たり前よ。おりゃな、ただの鼠じゃねえよ。湯島天神の床下でかげま茶屋を見張りながら、かげまの命を守ってきたちゅう吉様だ。中村歌児を好き放題にして、日光くんだりで始末されてたまるか。このちゅう吉様が許すもんじゃねえ」

ちゅう吉が啖呵《たんか》を切った。

最後の抵抗だった。大黒屋との繋《つな》がりをこの二人に知られてはならないの一念だったが、かえって侍たちの疑念を深める結果になった。

「かげまの命を守るだと、日光くんだりで始末だと」

首根っこを摑まえた室田某が思いがけないちゅう吉の言葉に首を捻《ひね》った。

「おめえらの主もそうだがな、衆道好みの人間はそいつを知られたくなくて、さんざ楽しんだあげくにかげまを始末する輩《やから》がいるんだよ。おれは子供屋から頼まれてかげまの命を守っているんだよ」

室田某のちゅう吉の襟首を摑む手が緩んだ。

その瞬間、ちゅう吉は松林の藪陰《やぶかげ》に飛び込んで逃げようとした。だが、江戸城吹上《ふきあげ》組に所属する上様直属の御庭番衆同心、野々沢兵庫の竹棹がちゅう吉の行く手に、

ぐさり

と刺さり、再び動きを止めた。

「室田、油断をするでない。松林の奥に連れ込んで体に訊く。なんぞこやつ隠しておるのは確かだ」

二人の公儀御庭番衆に捕まったちゅう吉はもはや抵抗のしようもなかった。

その時、天松が松林に抜ける裏道に異常を感じて、手早く小刀を前帯に差し、鉤《かぎ》の手の付いた麻縄を解くと裏道から松林に姿を移して緊張の空気が漂う場所へと気配を殺して接近していった。

日光道中と裏道に挟まれた松林の中ほどに夏の光が小さな空き地を照らしていた。その空き地の松の幹にちゅう吉が縛られて、御庭番衆手代の室田伊助が、ちゅう吉の首から巾着を抜き取った。

「なにするんだよ、おれの身上《しんしょう》だぞ」

巾着の中味を見た室田が、

「おこもにしては一両二分は大金じゃな」

「ただのおこもじゃねえや、こちとら、子供屋に頼まれてかげまの身を守るちゅう吉様だ、さんぴんとはいささか稼ぎが違うんだよ」

さんぴんとは三両一人扶持《ぶち》の下級の武士のことだ。

「ちゅう吉、おまえは子供屋の使いではない、大方富沢町の古着問屋あたりの手先であろう」

「大黒屋たあ、なんだ。ちゅう吉は古着屋なんぞに知り合いはねえよ」

「語るに落ちるとはこのことよ。大黒屋の名を己から出しおった」

室田伊助が嘯《うそぶ》き、野々沢兵庫が、

「室田、時間がない。こやつを叩《たた》きのめせ」

と命じた。畏《かしこ》まりました、と返答した室田が竹棹に忍ばせた直刀を抜くと、

「ひゃっ」

とちゅう吉が悲鳴を上げた。

室田がちゅう吉の鼻先に直刀の切っ先を突き付けて脅すと、

「おりゃ、湯島天神のちゅう吉様だ、殺すなら殺せ」

と必死の形相で居直った。

「おお、殺してやろう。だがな、その前におまえの体に問い詰める」

と言った室田が空き地の一角、水が湧《わ》く場所に群れた女竹を見つけて歩み寄

り、大人の親指ほどの太さの竹を直刀で切った。枝を払い、三尺ほどの長さの竹棒を虚空《こくう》でひゅんひゅんと音を立てて振ってみせた。

「なにをするんだい」

ちゅう吉が恐怖の眼で室田の動きを見た。

「竹は何本でも生えておる、どれほど我慢できるかのう」

と室田が笑ったとき、藪陰で人の気配がして、落ち松葉を踏むような音がした。

室田は野々沢に無言でだれかいると知らせると、片手に直刀、もう一方の手に竹棒を持って藪陰に入っていった。

「な、なんだよ」

ちゅう吉が怯《おび》えた声を洩《も》らした。

野々沢も竹棹から忍び刀を抜いて、

「黙っておれ」

と切っ先で命じた。

野々沢に制せられたちゅう吉はその場でただ黙って、藪陰に消えた室田の動きを目で追った。だが、室田は公儀御庭番衆だ。気配を消して行動しているのか、藪陰はそよとも動かない。

天松は松林の路傍で血に染まった菅公の折り紙人形を見つけ、ちゅう吉が薬売りの二人に捉《とら》われたことを察した。だが、この近くにいることだけは確かだと思った。

息を凝らして気配を探した。するとちゅう吉が必死で抵抗する声が風に乗って伝わってきた。

天松は音を立てないようにちゅう吉のいる方角へと忍び寄りながら、ちゅう吉があれこれと言を弄《ろう》して、大黒屋との繋がりを隠し通そうとしていることを察した。

（よし、必ずや助けてやるぞ。待っておれ、ちゅう吉）

天松は空き地に十数間と迫り、動きを止めた。そして、ちゅう吉を摑まえた薬売りたちが気配を消して行動していることから、容易ならぬ相手と推測をつけた。

その二人を相手にちゅう吉を助けるために小僧の天松一人で立ち向かうことになった。

(おれは鳶沢一族の戦士だ)

と自らを鼓舞するように言い聞かせると鉤の手を松の大枝に向かって投げ上げ、枝に掛けた。その気配が相手に伝わり、人がこちらに接近していることが分かった。

天松は待った。

ひょろりの天松とか、ひょろ松とか呼ばれた体付きはこのところ急速にしっかりとした大人のそれに代わろうとしていた。富沢町の地下道場での猛稽古《もうげいこ》が天松の足腰を鍛え、筋肉質の体に変えようとしていた。だが、体付きはそうだが、まだ顔にひょろ松の名残りを留《とど》めていた。

天松がだらりと長い両手を垂らして、その瞬間を待ち受けていた。

室田伊助が藪陰を揺らすことなく姿を見せた。

そのとき、天松の顔に恐怖が走り、立ち竦《すく》んだ様子があった。むろん偽装の表情だ。

「なんだ、おまえは」

「松茸《まつたけ》を採りにきただ」

「抜かせ、松茸の季節はまだ先のことじゃ。ちゅう吉の仲間か」

室田が抜身を下げて、天松との間合いを詰めながら尋ねた。

「ちゅう吉、だれだべ」

室田は相手の怯えが擬態だと悟った。

その時、天松と室田伊助は、五、六間（一〇メートル前後）の距離で向き合っていた。

天松の両手の長い指の間には二寸五分（約七・五センチ）の長針がそれぞれ一本ずつ隠されていた。

「おのれは」

室田が竹棒を捨て、忍び刀の切っ先を天松に向け、踏み込む体勢をとった。

その瞬間、天松のだらりと垂らされた腕が円弧を描いて前方へと振りだされ、指の間から光が奔《はし》って、室田を襲った。

室田は踏込みの構えから避難の動作に移ろうとしたが、一瞬遅かった。

両眼に二寸五分の針が突き立ち、一瞬にして室田の視界を奪った。

ぎええっ！

と絶叫した室田が構えた忍び刀を振り回した。

その直後、横手に人の気配がして、天松の小刀が室田の喉《のど》を、
ばさり
と掻《か》き斬《き》っていた。

どさり
と室田伊助が松林の中に倒れ込んだとき、すでに生は絶たれていた。

「室田」

野々沢兵庫は、今は自分たちが反対に危険に見舞われていることを察した。

だが、相手は大勢ではないことも確かだった。忍び刀の切っ先で松の幹に縛りつけたちゅう吉の縄を切った。

片手に忍び刀、片手にちゅう吉の襟首を掴《つか》み、

「出てこい、出てこぬと餓鬼の命はないと思え」

と藪の向こうに怒鳴った。

だが、その言葉に応じる声はどこからも聞こえてこなかった。

「室田」

野々沢は再び配下の名を呼んだ。

だが、室田からの応答もなかった。室田伊助は死んだ。殺されたと野々沢は悟らされた。

(餓鬼ちゅう吉の仲間か)

違う、と野々沢は思った。

大黒屋総兵衛、またの名を鳶沢総兵衛と呼ばれるその一統の者か。

野々沢兵庫はちゅう吉の首筋に忍び刀の刃を押し当てて、空き地から室田が気配を消した藪陰に向かった。

「や、やめてくれよ。死にたくはないよ」

とちゅう吉は身を悶《もだ》えさせた。

だが、野々沢はかまわず藪陰にちゅう吉を楯《たて》に強引にも入っていき、

「応《こた》えよ、さもなければこのおこもの命はない」

と叫んだ。

だが、相変わらず言葉は返ってこなかった。
「いやだよ、放しておくれよ」
身悶えするちゅう吉の体で藪を押し分け押し分けしていくと、
「ああっ」
とちゅう吉が悲鳴を上げた。
野々沢兵庫が突き飛ばすようにして、ちゅう吉を前進させた。すると松の根元に室田伊助が両眼を針で潰《つぶ》され、喉元を掻き斬られた姿で転がっていた。
「だ、だれが」
と思わず野々沢が立ち竦んだ首に、
ふわり
と輪になった縄が落ちてきて、虚空から人が落ちる気配がした直後、野々沢兵庫の体が、
ぽーん
と地表から飛び上がって首が絞められ、松の枝に吊《つ》り下げられた。
ちゅう吉は言葉もなく、ただ茫然《ぼうぜん》としてその場に立ち竦んでいた。

その眼前に下り立った者がいた。縄を両手に握った天松だった。
天松はちゅう吉を見ると、頷き、両手の縄を、
くいくいっ
と引っ張ると突然離した。すると虚空から野々沢兵庫の体が落ちてきて、室田の骸《むくろ》の側《そば》にどさりと音を立てて転がった。
「て、て、天松兄い」
「どうした、ちゅう吉。口が満足に利《き》けないか」
「おりゃ、おりゃ、いろいろあってよ」
と口から言葉を絞り出したちゅう吉が、
わあっ
と大声で泣き出した。

三

「おっ魂消《たまげ》たぞ、総兵衛様。さすがに天松兄いだね、ふわりとさ、おれの前に姿を見せたと思ったらさ、縄を目玉に突き立ててよ、針で首を括《くく》ってさ、二人

の薬売りをやっつけたんだぜ。あれには驚いたのなんのって、総兵衛様よ、さすがにおれの兄いだけのことはあるな。おりゃ、もうダメだと思ったもの。そこへさ、天松兄いがふわりと現れてさ、助けてくれたんだよ。兄いはやるね、すごいね」

宇都宮城下曲師町の旅籠《はたご》寅屋弐兵衛方に天松がちゅう吉を伴い、姿を見せたとき、さすがの総兵衛も百蔵もしばらく言葉をなくしたほど驚いた。

湯島天神の社殿の床下で鼠《ねずみ》と同居しながら、独りで生き抜いてきたちゅう吉とはいえ、旅に出たことなどないだろう。それが江戸から遠く離れた宇都宮近くまで独り旅してきたのだ。

部屋に通したちゅう吉に総兵衛は自由に喋《しゃべ》らせた。感情が高ぶっているのを見たからだ。

「ちゅう吉、もういいだろう。おまえは最前から見てもないことを含めて同じことばかりを総兵衛様に申し上げていますよ。それよりなぜ私たちを追ってきたか話すのです」

天松がちゅう吉に諭すように言い、

「兄い、そいつをすっかりと忘れていたよ」

と素直に天松に応じたちゅう吉が総兵衛に改めて視線を向けて話し出した。

「総兵衛様よ、菊也親方が殺されたんだよ。そんでよ、死ぬ前におれに親方が歌児の命も危ないって言い残したんだよ」

「菊也親方とはだれかな、ちゅう吉さん」

「だから菊也親方だよ」

とちゅう吉の返答は要領を得なかった。

「総兵衛様、こちらへの道中、ちゅう吉から事情を詳《つまび》らかに訊《き》いてございますから、私から申し上げます」

と小僧の天松が大人びた口調で言った。それを聞いた総兵衛が頷《うなず》き、百蔵は、

(小僧さん、どうやら手代に上がる年頃になったか)

と胸の中でほくそ笑んだものだ。

「菊也親方とは、かげまの歌児を抱える芳町《よしちょう》の子供屋の親方にございます」

と前置きした天松が道々ちゅう吉から聞いた追跡行の動機を仔細《しさい》に告げた。

「なんと歌児の抱え主の口が塞《ふさ》がれましたか」

総兵衛がようやくちゅう吉が姿を見せた理由を悟り、頷いた。

「総兵衛様よ、親方を殺したのは間違いなくよ、歌児の殿様の家来の仕業だぜ、間違いねえな」

ちゅう吉が自分の推量を述べた。

菊也殺しは、本郷康秀の代参道中に従う用心棒剣客の一人が手を下したものだった。だが、それを仕切ったのは本郷の家臣ゆえ、命《めい》は主から発せられているとみていい。ちゅう吉の推理も大きくは違っていなかったといえる。

「親方は歌児の命を案じられたのですね」

総兵衛がちゅう吉に念を押した。

ちゅう吉の眼は部屋に一つ残った膳《ぜん》に釘付《くぎづ》けで、ああ、そうだよ、と上の空で応えていた。

「ちゅう吉、総兵衛様が問いかけられたときは顔を見てお答えするんです」

「ああ、そうか。分かったよ、兄い」

「腹が減っているのはわかるがまず報告だ」

「親方は、なぜか歌児も殺されるって、おれに言い残したんだよ」

「ちゅう吉、親方はおまえがだれか分っていたんだな」

と百蔵が念を押していた。

「ああ、おりゃ、かげまの命を守るちゅう吉だよ。子供屋の親方とはどこも顔馴染《なじ》みだもの、親方はおれと分かってよ、言い残したんだよ」

ちゅう吉の眼が再び天松の膳にいった。

天松とちゅう吉が寅屋方に辿《たど》り着いたのは五つ（午後八時頃）過ぎのことだ。

総兵衛と百蔵は夕餉《ゆうげ》を済ませていた。

ちゅう吉がいるのを見た百蔵が台所に走り、もう一つ膳を追加して頼んでいた。

新田から宇都宮までおよそ六里（約二四キロ）の道のりだ。

天松は時に肉刺《まめ》の痛みに悩むちゅう吉を背に負ぶって歩き通して宇都宮城下に辿りついたのだ。

「もうすぐおまえの膳がくる。その前にもう一つ報告することはないか」

天松がちゅう吉を促した。

「あっ、そうだ。総兵衛様、おれを摑まえた薬売りはよ、栗橋の渡し船ではお侍姿だったんだよ。それがさ、途中から薬売りに変じたんだ、おかしいだろ」

「ほう、ようも気付いたな」

「なあに、渡し船でよ、あいつら、ひそひそと話をするのをこのちゅう吉様は聞き逃さなかったんだよ。一人がさ、「大黒屋一味も城下におろうな」と仲間に問うてよ、もう一人が「間違いないと思います」と答えた言葉がおれの耳に確かに届いたんでよ、ああ、こいつらも本郷の仲間かと思ったんだよ。それで渡し船を下りても、ぴたりとあとを尾《つ》けていったんだよ」

「機転を利かしましたね」

「総兵衛様、一日目はよかったがさ、薬売りのなりに変わったあたりであいつらおれのことを承知していたんだね。裏道の松林に誘い込まれてさ、とっ捕まったんだよ。それで、もう湯島天神のちゅう吉様の運もこれまでと腹を括ったときよ、天松兄いが姿を見せたんだよ。やっぱり兄いはすごいな」

「ちゅう吉、もうそのことはいい」

と天松が注意したとき、

「百蔵の父《とっ》つぁん、膳を運んできただよ」

と女衆《おなごし》の声がして、急いで整えられたちゅう吉の夕餉が届けられた。

「兄い、膳が揃《そろ》ったぜ、おれ、腹が背中にくっつきそうだよ。食べていいか」

ちゅう吉が天松に問うた。女衆がくっくっくと笑い、

「大黒屋にはえらい汚ねえ小僧さんがいるだね」

と言い残して出ていった。

「天松、ようもちゅう吉を助けてくれました。総兵衛からも礼を申しますよ」

と総兵衛が礼を言い、ちゅう吉に、

「ささ、腹が減ったことでしょう。箸《はし》をとりなさい」

と許しを与えた。

「よかった」

と膳の前に座ったちゅう吉が、

「ああ、こんなの、おりゃ初めてだ。魚の煮付けに卵焼きに里芋とこんぶの皿もあらあ、菜がこんなにある、食い切れねえや」

というとまず飯茶碗《めしぢゃわん》を摑《つか》み、二口三口搔《か》きこんで、

「ああ、うめえ」

と呟《つぶや》いた。

「総兵衛様、本郷様一行は本陣泊まりにございますか」

と天松が尋ねた。

「それが今晩は宇都宮城内に宿をとられた。百蔵とも話し合いましたが、明日の日光到着に合わせ、威儀を正すための仕度ではないかと思われる」

「宇都宮城内ですか。忍び込むにはいささか難しゅうございますね」

と首を傾《かし》げた。

天松は未《ま》だ膳の前に座る様子もない。

「戸田家に迷惑をかけてもならじ、ここは無理をせずにいこうと思う。ちゅう吉さんがあれこれと話を持って、私どもに加わりました。勝負はこれから先の日光です、それまで無理をすることもありません。天松、遅くなりましたが夕餉を食しなされ」

と総兵衛が天松にも言い、ようやく天松は膳の前に座った。

「兄い、旅はいいな。だいいちよ、江戸にいるときよりも歩くもの、腹が減ってよ、食べ物がうまいや」

ちゅう吉は箸の先に里芋を刺して、顔の前で振り回した。

「ちゅう吉、食べ物を箸の先で刺して口に入れてはいけないよ」

「えっ、ぬるぬるする里芋だぜ。刺したほうが食べやすいぜ」

「食べ方にも作法があるんです。ちゃんとした礼儀を身につけないと大黒屋の出入りは差し止められますぞ」

「えっ、そりゃないぜ。おこもが作法なんぞ言っていたらよ、おこもじゃねえぜ。第一、そんな具合だとよ、もらえる物ももらえないぜ」

「それもそうだな」

と天松も得心した。そして、

「いいか、ちゅう吉、総兵衛様と一緒のときは礼儀に従って食べたり、飲んだりするんだ。一人のときは好きにしな」

とちゅう吉に命じた天松が総兵衛の顔を見た。

「ちゅう吉さんの処遇ですね」

「はい、それにございます。明日にも江戸に戻しますか」

天松の言葉を聞いたちゅう吉が食べかけていた里芋を喉《のど》に詰まらせて、両目を白黒させた。

百蔵がぽーんとちゅう吉の背中を一つ叩《たた》くと、里芋が胃の腑《ふ》に落ちて、

「そりゃないぜ、兄い」

と喚《わめ》いた。

「どうしたもので」

と総兵衛が微笑《ほほえ》み、

「ここから江戸に独りで戻すのも酷な話です。折角私どものあとを必死で追ってきたちゅう吉さんです、しばらく同道しましょうか、天松」

と総兵衛が奉公人に訊き、天松も頷いた。

「そうこなくちゃあ、大黒屋がさ、うまく立ち行くもだめになるもおれ次第だからさ、おれがいたほうが万事うまくいくんだよ、天松兄い」

ちゅう吉がようやく満足げに応《こた》えて、天松が、

「ちゅう吉、図に乗るな。いいか、総兵衛様が江戸に戻れと命じられたときには素直に承知するんだぞ。分かったな」

「分かったよ」

と答えたちゅう吉が卵焼きを箸で突こうとして、

「ああ、卵焼きも突いちゃだめか」

「挟むのです」

「作法ってのはなんとも面倒だな、兄い、日光まではまだ遠いか」

とちゅう吉が卵焼きを食いながら、天松に尋ねたものだ。

「この城下から今市宿まで六里二十丁（約二六キロ）、今市から日光道中最後の宿場の鉢石《はついし》までおよそ二里（約八キロ）ですよ」

と即座に天松が答えた。

天松は総兵衛に同行しての日光行きが決まって以来、「道中記」などで日光道中のことを調べていたから即座に応えられた。

「おおお、小僧さんはよう承知だ。わしは要らなかったな」

と百蔵が笑い、冷えた茶を啜《すす》った。

「百蔵の父つぁん、本郷様ご一行は鉢石宿に泊まるのですか、それとも東照宮に宿泊されるのですかね」

「天松、そいつが分からねえで、最前から総兵衛様も思案をなされておられるのだ」

「父つぁん、東照宮の広さは久能山《くのうざん》どころではありませんよね」

「比べものになるものか。どこに本郷康秀様が宿泊されるか皆目見当つかねえじゃ、総兵衛様も手の打ちようがねえからね」

「そりゃ困りましたな」

「今晩が宇都宮城に泊まりとはこちらの誤算だ」

と百蔵が思案投げ首の体《てい》で言った。

座にしばらく沈黙が支配した。ちゅう吉が美味《おい》しそうに食べる音だけが微《かす》かに響いていた。だが、突然動いていた口が止まり、

「兄い、字が書けるか」

とちゅう吉がいきなり聞いた。

「大黒屋の奉公人です、子供のときから字は習わされて江戸に上がってくるのです。読み書きくらいだれでもできます」

「おりゃ、できねえ」

「威張れることではありませんが、ちゅう吉の育ちを考えると無理もないか。

よし、明日からこの天松が読み書きを教えてやろう」

「だれが字を教えろと頼んだ」

「じゃあなんだ」

「兄いが歌児に手紙を書くんだよ、おれに成り代わってな」

「うむ、なんだと」

天松が箸を止め、総兵衛も百蔵もちゅう吉を見詰めた。

「この宇都宮から日光まで八里はあるんだな、ならば歌児だってよ、小便だって行きてえだろ。厠《かわや》に行ったときよ、おれがそおっと近づいて、歌児に話を訊く。訊けなければ、文を渡してこちらがよ、訊きてえことを尋ねるんだよ。あいつの返事はまたあとでおれが取りにいく」

「ちゅう吉、歌児は読み書きできますか」

「歌児は芝居っ子だ、読み書きはお店《たな》の奉公人と一緒でよ、できらあ。まあ、読み書きなんぞが要らねえで、世間が渡れるのはおこもくらいだな」

ちゅう吉が威張り、天松が総兵衛を見た。

「それは一案ですね。本郷康秀様方は私らが尾《つ》けていると推測していても、まさかちゅう吉さんのことまで知りますまい」

「総兵衛様、そういうことだよ。おれのことを見抜こうとした薬売り二人は天松兄いが始末してよ、おれも手伝ってよ、松林に穴を掘って埋めたもの。となれば、おれのことはだれも知らないということだよな。歌児以外はな」

「総兵衛様、やってみる価値がありそうだよ」

と百蔵が言った。

「天松兄い、ただよ、飯を食っているわけじゃないんだよ。頭の中であれこれと考えながら生きていく、これがおこもの暮らしなんだよ」

とちゅう吉が胸を張った。

「恐れいったよ、おまえには」

「文を書くのは兄いに任した、総兵衛様とよく相談して書くんだぜ。いいかい、兄い、ご大層な手紙じゃだめだぜ、おれと歌児の掌《てのひら》に隠れるくらいの文にしてくんな。それにさ、歌児が返事を書くのに筆と紙がなくちゃあなるめえ。だからさ、矢立と紙があれば歌児に渡したいんだがね。立派な乗り物に乗っているんだ、矢立と紙くらい隠す場所はありそうじゃないか」

ちゅう吉がすべて指図して、歌児に連絡をとる企てが始められることになった。

翌朝、ちゅう吉は宇都宮城の大手門を出てくる家斉《いえなり》の名代《みょうだい》、御側衆《おそばしゅう》本郷丹後守康秀の一行を待っていた。

将軍の代参にしては少人数の行列だったが、宇都宮城下を出て、一里塚で待ち受けていた本郷の私兵といえる気楽流蛭川永之進らが加わり、総勢三十余人に増えた一行は、次の宿場へと向かった。

ちゅう吉は歌児に出会える機会を探して、宇都宮から延々と続く松並木をいく行列の一丁(約一一〇メートル)あとに従《つ》き、その二丁あとを総兵衛ら三人がひたひたと追っていった。

宇都宮からほぼ二里の行程にあるのが下徳次郎《しもとくじら》、中徳次郎、上徳次郎の三宿で一宿の徳次郎だ。

江戸時代の初めは三宿のうち、上徳次郎のみで人馬を継ぎ立てしていたが、中下も願い、その結果、一月を三分して上十日を中徳次郎、中十日を上徳次郎、下十日を下徳次郎に分けて許したそうな。

本郷一行はこの日、最初の休息を上徳次郎の本陣でとった。

ちゅう吉は本陣の裏口に回り込み、表で本郷一行が到着した騒ぎに紛れて本陣の敷地に潜り込んだ。そして、本陣の建物の床下に滑り込むと、臭《にお》いを頼りに厠へと接近していった。

一行の内、本郷康秀ら数人と歌児が座敷に上がり、厠を使った。

ちゅう吉は神経を集中して歌児がくるのを待った。歌児をあてるのはそう難しくない。歌児はいつも匂《にお》い袋を身につけていたから、その香りを探せばいい。

最初に本郷康秀らしき人物が厠を使い、その後、武家数人が使ったあと、最後に歌児の香りが漂ってきた。

ちゅう吉は厠の床下へと潜り込み、歌児が女のように便器に跨《また》がって使い終わるのを待った。

「歌児、旅は楽しいか」

とちゅう吉が声を発したとき、歌児がぎくりとして動きを止めた。

「だれなの」

「おれは湯島天神に巣食うちゅう吉だ、声で分るな」

「ちゅう吉がこんなところでなにをしているのです」

「大事なことだ、一度しか言わねえ。耳を澄ませて聞くんだ」

「ああ、分かったわ」

「菊也親方が殺された」

「なんですって」

「騒ぐな。おれのいうことを最後まで聞くんだ」

と注意したちゅう吉は、菊也が殺された経緯と親方が言い残した言葉を告げた。

「わたしも殺されるの」

「親方はおれにそう言い残した。おれもそう思う」

「ど、どうすればいいの」

「命が助かる道が一つある。日光でどこに泊まるか、本郷がだれと日光で会うか探って教えてほしい。そしたら、おれとおれの仲間が必ず歌児、おまえの傍らにいておまえを助ける」

しばらく沈黙があった。

「いいわ。でも、厠に長居はできないわ」

「下からよ、矢立と紙を、それにおれの仲間に書かせた文も差し出す。乗り物に乗ったら文を読んでおれに仲間がいることを確かめてくれ。そして、知りうることを書いてくれ。この次、昼餉《ひるげ》を食べる折にこのちゅう吉様が厠で待っているからよ。いいか、だれを信じていいのか、歌児、かげまならな」

と諭すようにちゅう吉は言った。

天松が書いた文と矢立と紙を差し出すと、歌児の手が三つのものを摑《つか》み、

「文は読んだら始末するんだぜ」

と最後にちゅう吉が忠言する声のあと、気配が消えた。

四

本郷丹後守康秀一行が昼餉を食するために立ち寄ったのは今市の本陣高津屋

新左衛門方だった。

　ちゅう吉は徳次郎宿で試した手で本陣の床下に潜りこんで厠近くで待機した。するとすぐにだれかが厠を使う気配がして、

「ちゅうちゅうちゅう」

と鼠《ねずみ》の鳴声を真似《まね》た歌児の声がした。

「ちゅうちゅう」

　とちゅう吉が応じて尋ねた。

「なにか分かったか」

「ほれ、ちゅう吉」

　と渡された紙片にわずかな文字が書いてあったが、ちゅう吉には読めなかった。

「歌児、なんて書いた」

「シゲヒメ、サツマ、ヨーニン」

「なんだ、判じ物か」

「私だってわからないわよ。それが日光で会う人たちじゃないかしら」

「サツマって、川越《かわごえ》の芋か」

と呟《つぶや》いたちゅう吉は、

「ほれ、お守りの菅公《かんこう》の折り紙人形だよ。こいつを懐《ふところ》に忍ばせているかぎり、大事ねえよ。しっかりと持ってな」

と厠の下から突き出すと歌児が受け取った。

「ちゅう吉、もう一つ聞き込んだわよ。本郷の殿様たちにはさ、御庭番が隠れて従ってんだってさ」

「御庭番とは庭掃除か」

「知るわけないじゃない」

その時、厠の外に人が立った気配がして、

「これ、歌児とやら、だれと話しておる」

と訝《いぶか》しむ老女の声がした。

ちゅう吉は身を竦《すく》めた。そして、歌児に心の中で機転を利《き》かせろよ、と願った。

「はっ、はい。う、歌児には厠で独り言をいう癖がございますので、ご老女様」

「なに、独り言を厠で呟く癖があると申すか。これ、かげま、妙なことはしていまいな」

「かげまゆえだれからも相手にされません。厠がただ一つ、胸にたまった悩みや悲しみを吐きだすところです」

しばし沈黙のあと、

「気持ちが分からんではない。かげま、用を足したなれば、わらわと代われ」

と命ずる声がした。そして、歌児に代わり、厠に入った老女が盛大な音をさせて屁《へ》を響き渡らせた。

鼻を摘《つま》んだちゅう吉は老女が厠を出たあと、間を置いて本陣の母屋《おもや》の床から裏口へと出ようとした。するとそこに道中袴《ばかま》の二人の草鞋《わらじ》の足が見えた。

「榎木《えのき》氏《うじ》、われらの役目はなんだ」

「そう不満を申すな、これも役目じゃ」

「本郷様はまるでわれらにいささかの信もおいておられぬばかりか、ないがしろにされたままだ。これで日光代参のお役が務まると思うてか、高嶺《たかね》氏」

「家斉様の寵愛《ちょうあい》が深い本郷様ゆえできる所業よ、それにしても日光でどなたかと会う心積もりのようだが、なにをなさろうというのか」

「われらにはなにも口にされんでな、致し方ないわ。江戸に戻るまでただ馬鹿《ばか》になって従者の役目を務めるだけよ。ともかく、われらと不逞《ふてい》の輩《やから》の用心棒どもは鉢石宿に残れと命じられた。今晩は心ゆくまで酒を呑《の》もう」

「かげまと老女ら数人だけを連れて、日光東照宮輪王寺《りんのうじ》に入られるそうな、勝手になさるがいい。山を下りてこられる二日後まで羽を伸ばそうぞ」

「鉢石にも女はおろう」

と笑い合った二人が本陣の中に姿を消した。

ここでもちゅう吉はたっぷりと間を置いて、本陣の敷地の外に出ると今市の飯屋で待つ総兵衛のもとに戻った。

「総兵衛様よ、歌児から返事が戻ってきたぜ。だけどよ、おれの考えじゃなんの役にも立つまいよ」

と歌児から渡された紙片を差し出した。総兵衛が一目見て、

「シゲヒメ、サツマ、ヨーニン、ですか。たしかになんのことやら分かりませ

ぬな」

と百蔵と天松の二人に見せた。

だが、担《かつ》ぎ商いを長年やりながら鳶沢一族の下働きをしてきた百蔵にも小僧の天松にもこの三つの言葉の組み合わせは理解できなかった。

「な、分からねえだろ。歌児の奴《やつ》、もう少し気を利かせればいいものを」

とちゅう吉がぼやいた。

「サツマとは薩摩藩のことにございますか、それとも十三里半の川越の芋のことですか」

「天松、それは私にも理解ができぬ」

総兵衛は、後見がここにいればと思ったが、いつまでも信一郎に頼るわけにはいくまいと考え直した。

「どうしたものか」

「総兵衛様、江戸に早飛脚を立てて問われてはどうだね」

と百蔵が言い、総兵衛は素直に頷《うなず》いた。

「文を書くならよ、二つばかり仕入れてきたぜ。そいつを聞いてからにするといいな、総兵衛様」

「ちゅう吉、それを早く言わぬか。一つ目はなんだ」

「天松兄い、そう慌《あわ》てるなって。本郷一行にはよ、御庭番って庭掃除かね、隠れて従っているんだと」

「ちゅう吉、御庭番ですと、庭掃除なんかじゃない。公儀御庭番衆とは上様の密偵ですよ」

と答えた天松の声に驚きがあった。

「ふーん、そうかえそうかえ。兄い、おれがつらつら考えたけどよ、兄いが始末した二人ってのがその御庭番じゃねえか」

総兵衛らはちゅう吉からもたらされた思わぬ話にしばし沈思した。

「いかにもそうかも知れないぜ。総兵衛様よ、となると天松は大きな手柄を立てたことになるだ」

百蔵が感嘆し、

「天松、ようしてのけました」

と総兵衛も満足げに微笑《ほほえ》んで天松を褒めた。

ちっちっち、
と舌打ちしたちゅう吉が、

「総兵衛様よ、すべてこのちゅう吉のお膳《ぜん》立てがあってのさ、天松兄いの手柄だよ。そこんとこを忘れちゃ困るぜ」

と文句を付けた。

「おお、全く言われるとおりです。ちゅう吉さん、感謝の言葉もございません」

と総兵衛がにこにこと笑いながらちゅう吉に礼を述べた。

「まあ、いいってことよ。ちゅう吉と大黒屋の間柄だもんな」

ちゅう吉が小さな胸を反り返らせた。

「ちゅう吉、総兵衛様にえらそうな口を利くんじゃない。もう一つの報告はなんだ」

「兄い、慌てるおこもはもらいが少ないってやつがよ、おこもが一等最初に習う言葉なんだよ。どうして兄いはそう急ぐかね、総兵衛様のようにでーんと構えられないのか」

「うるさい、ごちゃごちゃ言うな」

「はいはい」

と軽くいなしたちゅう吉が道中袴の二人が交わした内容を告げた。

「本郷様に冷や飯を食わされている御目付衆にございますね」

と天松が即座に言った。

「今宵《こよい》から本郷様は数少ない供を連れて、日光東照宮輪王寺に入られるか。そこでシゲヒメ、サツマ、ヨーニンに面会される」

「総兵衛様よ、歌児も連れていかれるんだよ」

「分かりました、そのことも付言して江戸に書き送ります。もっとも大番頭さんや後見が知恵を働かせても、江戸からではどうにもなりますまい。これはわれら三人が目途《めど》を立てねばならないことです」

「総兵衛様」

とちゅう吉が自分の顔を差して、

「四人目を忘れては困るな」

と言ったものだ。

「そうでした、大事な働き手のちゅう吉さんを忘れておりました」

と苦笑いした総兵衛が急ぎ書状を書き始めた。

昼餉を済ませた本郷康秀一行は日光道中最後の行程の二里に出ていった。

天松とちゅう吉は代参行列に付かず離れず、時にちゅう吉が先回りして街道の路傍にしゃがんで、乗り物の中の歌児の様子を眺めた。そして、そのとき、

「ちゅうちゅう」

と歌児に合図を送った。すると乗り物の中の歌児も気付いて、ちゅうちゅう、と応じてくれた。

(おりゃ、菊也親方の代わりに歌児の命を守ってやるぜ。それがおれの本業だもんな)

と己に言い聞かせ、行列が通り過ぎると脇道《わきみち》から一行に先んじてこんどは、鉢石宿へと天松と一緒に急ぎ向かった。

鉢石は日光東照宮の門前町である。神君家康を祭神とする東照宮には徳川一門ばかりか多くの武家が参詣《さんけい》し、また町人も信心と物見遊山《ゆさん》を兼ねて訪れた。ためにに門前町では、「蠟石《ろうせき》、岩茸《いわたけ》、川海苔《かわのり》、平素麵《ひらそうめん》、漬蕃椒《つけとうがらし》、こぎの実」などが土産として売られ、その他には、木地《きじ》挽物《ひきもの》、膳折敷《ぜんおしき》などが店の棚に飾られてあった。

本郷一行は、いったん門前町鉢石宿の丁子屋《ちょうじや》という旅籠《はたご》に入り、衣装を正した後、本郷丹後守康秀以下、用人、老女、用心棒の蛭川永之進らに、小姓姿に変わった中村歌児が加わった七人が丁子屋を出て、乗り物で東照宮輪王寺へと改めて向かった。

ちゅう吉は神橋《しんきょう》の手前で歌児の乗り物を見送った。

大谷《だいや》川《がわ》の早瀬の音に、ちゅうちゅうという声が響き合い、乗り物の御簾《みす》の間から、ぽーんと紙つぶてがちゅう吉の膝前《ひざまえ》に転がってきて、ちゅう吉の手がすいっと伸びて摑み、掌《てのひら》に隠した。

高い杉木立に囲まれた参道の向こうに行列が消えて、ちゅう吉が鉢石宿に戻っていくと天松が待ち受けていた。

「つなぎがあったな」

「ああ、兄い、歌児が紙つぶてを投げてよこしたぜ」

と掌のものを天松に見せた。

「裏通りにいこう」

と天松が鉢石宿の裏手に向かった。

総兵衛と百蔵が大谷川の流れの傍らに待っていた。

「総兵衛様、歌児からの最後のつなぎにございます」

と天松は紙つぶてを差し出した。無言で頷いた総兵衛が紙つぶてを開いた。

するとそこに、

「ちゅう吉、タスケテオクレ、シニタクナイ」

と今までにはなかった悲鳴のような文字が書かれてあった。天松が字の読めないちゅう吉に伝えた。

「歌児のやつ、へまをしでかしたか。危ない目に遭っているんじゃないか」

とちゅう吉が狼狽《うろた》え、

「これはどうしたもので」

と天松が総兵衛にお伺いを立てた。

総兵衛は無言で思案した。ちゅう吉が苛立《いらだ》って、

「総兵衛様よ、歌児を助けてくんな。なにもあいつら、好き好んでかげまをやっているわけじゃないからな。生きるためなんだよ」

「分かっておる」

と答えた総兵衛がさらに沈思し、

「ちゅう吉さん、確かに歌児はなにか聞きつけたのだろう。自分の命がほんとうに危ないことを知るなにかを知った。だが、それは今すぐではなかろう。なぜならばこれまでどおりに歌児は乗り物で東照宮に連れていかれた。なにか起こるとしたら今宵か明日の夜であろう。夜までには間がある。宿に入って、これからの行動の相談をしようか」

と三人の従者に命じた。

鉢石宿の大黒屋の定宿は門前町の一本裏手にあるいろは屋だ。いろは屋の後

ろには大谷川が流れて、通された二階座敷からの眺望がよく裏戸から河原に下りられた。

座敷に天松が江戸から持参した日光東照宮境内の絵地図が広げられた。

「ほう、家康様がお眠りになっている東照宮か、なかなか広大なものだな。本殿は陽明門なる門の奥だな」

総兵衛が鳶沢一族に伝えられる古い絵地図に見入った。

「総兵衛様、家斉様名代の本郷康秀様が今宵泊まられる輪王寺宿坊は参道の右手のようですね」

と天松が輪王寺を差した。

「この道は」

と総兵衛が聞いた。輪王寺宿坊の東側に稲荷川《いなりがわ》と並行して走る道だった。

「日光の奥、霧降《きりふり》の滝に向かう道にございますよ」

と百蔵が即座に答えた。

「本郷様は今宵と明晩、輪王寺にお泊りで、明後日、鉢石に下りてこられる予定であったな」

「いかにもさようです」

と心得顔で天松が答え、

「総兵衛様、私めの考えを申し上げてようございますか」

「われら、四人の仲間だ。思うままに考えを述べよ」

「つらつら天松が考えるところによれば、家斉様の代参の儀式は明日の朝の間に本殿にて行われましょう」

「小僧さん、つらつら考えなくとも、まず本郷丹後守様が執り行うのが本殿詣《もう》でだろうよ」

と百蔵が笑った。

「まあ、父《とっ》つぁん、聞いてくれ」

「これはしくじった。話の腰を折ったな」

と百蔵が詫《わ》びて、天松が話を再開した。

「本郷様がだれかに会うとしたら、今晩か明晩です。ですが、私は上様の名代のお役を果たした上でなければ、謎《なぞ》の人物、シゲヒメ、サツマ、ヨーニンの三人には会うまいと推量致します。となれば、明日の可能性が高い。そこで私とちゅう吉は鉢石宿の聞き込みを行い、歌児が伝えた三人の身許《みもと》を、あるいは当人たちが日光入りをしていないかどうかを探索致そうかと思いますが、お許し願えますか。まだ日も高うございますゆえな」

　と総兵衛に天松が願った。

「許す」

　と総兵衛が即答した。

「有り難き幸せに存じます」

　と応じた天松がちゅう吉に、

「よいか、私どもは江戸から日光詣でにきた若旦那《わかだんな》と小僧の装《よそお》いでまず東照宮に詣でます」

「兄い、若旦那ってのは、おれか兄いか」

「ちゅう吉、そなたはおこもが本業ですよ、若旦那になれると思いますか」

「だって、兄いだって大黒屋の小僧じゃないか。小僧が若旦那に化けられるものか。ねえ、総兵衛様」

　ちゅう吉に話の矛先を向けられた総兵衛が、

「そうだな、天松の衣装を変えて、髪を結い直せば若旦那で通らないことはないだろう」

天松の言葉に百蔵が笑いを堪《こら》え、

「天松、おまえとちゅう吉だがな、そのまま小僧とおこもの兄弟を名乗るのが無理のないところと思うがな」

と言った。

「えっ、ちゅう吉と兄弟ですか」

「嫌かい、兄い。だっておれたち、もう兄弟分じゃないか。おれもそのへんが無理のないところと思うがね」

とちゅう吉も百蔵に賛意を示した。しばし考えた天松が、

「まあ、御用です。致し方ありません」

とようやく承知した。そして、兄が弟の面倒を見るように、

「ちゅう吉、その破《や》れ笠《がさ》は置いていきなさい」

とちゅう吉の身嗜《みだしな》みを整えて、

「総兵衛様、父つぁん、行って参ります」

と挨拶《あいさつ》して座敷を出ていった。

「ふっふっふ、小僧さん、総兵衛様と旅をしているもんだから、えらく背伸びをしておられるぞ。まあ、ここんところ、体も考えもしっかりしてきたで、あれくらい普通かもしれんがね」

「百蔵さん、いつまでも小僧では困る。天松ならば立派な手代になろうぞ」

と総兵衛が答えていた。

天松が御庭番衆と思える二人を始末した手際《てぎわ》を知って、総兵衛も百蔵も驚きもし、感心もしていた。もはや鳶沢一族の立派な戦士だった。

この天松の行動、総兵衛らは気付いていなかったが、先乗りを始末された御庭番衆本隊はそのあと、日光でまごつくことになる。

天松の決断は大きな意味を持っていたが、この時点で気付いた者はいなかった。

「総兵衛様よ、小僧とおこもさんばかりに働かせるのもなにだ。わっしもこの界隈《かいわい》をひと巡りして参りますよ」

と言い残した百蔵が出ていった。

総兵衛は、探索を三人に任せて江戸から寸暇を見つけては記してきた「大黒屋総兵衛旅日誌」の整理をすることにして矢立を出した。

天松とちゅう吉は表参道の玉砂利を歩いて陽明門へと向かっていた。

「兄い、おれさ、旅に出てさ、よかったと思ってんだ。湯島天神の床下からのぞく世間も悪くないがさ、時に知らねえ土地を道中するのはさ、気分がすっきりとするね。兄いはどうだい」

「ちゅう吉、私たちは物見遊山《ゆさん》にきたのではありませんぞ」

「じゃあ、なにしにきたんだい」

「おまえは歌児の命を守る役目がありましょうが」

「だからさ、こうして東照宮にお参りしながら探りを入れてるんじゃねえか。かげまの歌児は無事か、どこにいるなんて大声で尋ねて回るわけにゃいかねえだろ、この御用はよ。いいかい、兄い、おこもも探索も一緒だ、下のほうから上目遣いに見てりゃ、見えねえことが見えてくるんだよ」

「そんなものですかね」

「だからさ、こういう時は、日光詣でにきた兄弟に徹するんだよ。そしたら、向こうから、いい話が転がりこんでくるからさ」

おこもが小僧に言い聞かせた。言い負かされた天松は、

「それはそうですけどね」

と呟《つぶや》きながら仁王門の石段を上がり、鳥居を潜った。さらに鉤《かぎ》の手に石畳を行くと壮麗にして華美な門が見えてきた。

「これが江戸でも有名な陽明門ですよ」

門の前に大勢の参詣人《さんけいにん》が群がっている。

江戸期、庶民の参拝が許されたのはこの陽明門の前までであった。

「ちゅう吉、門にたくさんの彫刻が彫られてあるだろう、日本中から集められた名人たちが彫ったものだ、ものすごい数ですよ」

と天松がさらにちゅう吉に教えた。

「兄い、おれには彫刻なんて面白くもねえよ」

とちゅう吉が答えた傍らから二人の武家が訛《なま》りの強い言葉でしきりに感心していた。

「東郷どん」

と相手に呼びかける言葉しか天松には聞き取れない。それでも道中をしてきた様子の一人の口から、

「日光詣でがでけたのもシゲヒメ様のお蔭《かげ》じゃっど」

という言葉がなんとか聞き取れた。

この二人は薩摩島津家の家来か。ひょっとしたら、歌児が文に記してきた、

「シゲヒメ、サツマ、ヨーニン」

と関わりのある人間ではないか、天松の頭に衝撃が走った。天松はちゅう吉の手を引くと、陽明門を見物する人々の群れの外に出た。

「ちゅう吉、私どもの傍らにいた薩摩っぽを見たか」

「薩摩っぽってなんだい」

「島津様の家来だよ。ひょっとしたら、ちゅう吉、あやつらが、シゲヒメ様か、ヨーニン様の下へと案内してくれるかもしれないぜ」

と天松が言い、

「な、いいことがあるだろう」

とちゅう吉が胸を張り、武張った顔立ちの侍が見物の人々の群れから出てくるのを待って尾行を始めた。

第五章　新たな仇敵《きゅうてき》

一

夕暮れ前、強い陽射《ひざ》しが斜めから射るように差し込んでいた。

江戸は富沢町の古着問屋大黒屋の店に汗みどろの早飛脚が飛び込み、それを目ざとく見た大番頭の光蔵が、

「だれか飛脚屋さんに水を」

と叫ぶと帳場格子《ごうし》を出て、上がり框《がまち》に向かい、

「飛脚屋さん、ご苦労さん」

と声をかけた。

しばらく荒くも弾む息が大黒屋の店に響き、飛脚屋は眼だけを光蔵に向けながらなんとか息を整えようとした。その様子を広い店先で商談をしている仕入れの客たちが見守っていた。

光蔵は早飛脚の状箱に、

「今市・飛脚百里屋」

と屋号が描かれているのを目に留めていた。そこへ奥からおりんがぎやまんの器に冷たい井戸水を入れて運んできて、

「ささっ、飛脚屋さん」

と差し出すと飛脚屋が一瞬おりんの美貌《びぼう》に眼を惹《ひ》かれたが、片手を差出し器を摑《つか》むと喉《のど》を鳴らして一気に飲んで、
ふうっ
と大きな息を吐き、

「姉さん、ありがとうよ。今市から早飛脚だ」

というと肩に担《かつ》いだ状箱を下ろし、紐《ひも》を解いて一通の書状を光蔵に差し出した。

今市から江戸までおよそ三十四里（約一三六キロ）、四人の足自慢が状箱を受け渡しながらおよそ一昼夜足らずで江戸まで運んできた総兵衛の書状だ。これは幕府の公用文書を遠くに届ける継飛脚なみの速さだった。

「ご苦労だったね、裏に行ってひと休みなされ」

とおりんに目配せすると、光蔵は書状を持って店の裏の小座敷に向かった。

そのとき、一番番頭の信一郎がちょうど船着場に着き、手代の九輔に早飛脚が店に入ったことを教えられ、同行していた田之助の顔を見た。

「心得ました」

と早走りの異名を持つ手代の田之助が信一郎の無言の命を受けた。

信一郎が河岸《かし》道を横切って店にいた客らに、

「まいど有難うございます」

と挨拶《あいさつ》して帳場格子に光蔵がいないことを見てとると、格別急いだ風もなく奥へと消えた。その挙動はふだんどおりに見えたが、無駄がなかった。

信一郎が小座敷に入ったとき、眼鏡をかけた光蔵が総兵衛からの書状を黙読していた。

中庭の木立を透かした夏の光が小座敷に入り込んで、書状を読むのに行灯《あんどん》は要しなかった。

「総兵衛様からにございますな」

「なんと湯島天神のちゅう吉さんが総兵衛様方と合流しておりますぞ」

「菊也親方の殺しと関わりがございますので」

と即座に信一郎が芳町の殺しと関わりがあるかどうか訊《き》いた。

「どうやらちゅう吉は親方の言い残した言葉を持って、歌児を追い、その途中で天松に見つけられた様子です。ちゅう吉はその折、御庭番衆と思える二人に捕まり、危ういところだったそうな」

と読んだところまでを信一郎に説明した光蔵が眼を書状に戻した。そこへおりんも姿を見せて、黙って座した。

「なになに、天松が手際《てぎわ》よく御庭番衆と思える二人を始末して街道脇《わき》の松林に骸《むくろ》を埋めて、隠したとか」

「天松も一人前の鳶沢《とびさわ》戦士になりましたな」

「体付きもしっかりしましたで、こたびの御用が無事に終わった暁には手代に昇進ですな」

と二人の大黒屋の幹部が言い合い、光蔵が書状の先を読むと、

「な、なんと」

と驚きの声を発して書状を信一郎に渡した。

信一郎が書状の頭から読み直すのをおりんも傍らから覗《のぞ》き込んだ。

小座敷にしばらく無言の時が流れた。それは重苦しいほどの緊張に支配された時間だった。

書状を最初に速読した光蔵は目まぐるしい展開を見せている今市から伝えられた情報を分析しているのか、両眼が一点を、障子に映る木の影を凝視して動かなかった。

「なんとしたことで。影様、本郷丹後の背後に薩摩《さつま》が控えておりましたか」

と信一郎が今市から伝えられた驚愕《きょうがく》の事実を洩《も》らした。

光蔵ががくがくと頷《うなず》いた。

大黒屋と薩摩島津家は海外交易を巡り、六代目総兵衛以来の因縁の仲だ。

六代目が交易の拠点を琉球《りゅうきゅう》においたことで、大黒屋と琉球を領地とする薩摩

とは正面からぶつかり合うことになった。

六代目総兵衛が乗船する大黒丸が南蛮の海賊船カディス号と嵐《あらし》の最中、交戦し、大破された大黒丸に乗った総兵衛一統は南へ南へと流され、交趾《こうち》のツロンに滞在したことがあった。

一年余後の大黒丸の帰国は、難破騒ぎに失意に沈んだ大黒屋の家族と奉公人を歓喜させた。だが、その前に薩摩の十文字船団との激しい海戦が繰り広げられ、異国の操船術と砲術を習得していた大黒丸が勝利を収めたのだった。

以来、百年近くの歳月が流れたが、大黒屋、いや鳶沢一族と薩摩が因縁の関係にあることは変わりない。

「ふうっ」

と大きな息を一つした光蔵が、

「歌児が耳にしたシゲヒメ、サツマ、ヨーニンの言葉の意味を異国生まれの総兵衛様や担ぎ商いの百蔵、小僧の天松では理解できますまい」

「それでも総兵衛様はこの三つの言葉を気に掛けられ、われらに早飛脚を立てて伝えられましたぞ」

「信一郎、私の考えがそなたらと同じかどうか急ぎ突き合わせねばなりません。まず私の考えを聞いてくだされ」

と光蔵が願った。二人が黙って頷く。

「まずシゲヒメじゃが、これは当代将軍家斉様の御台所《みだいどころ》茂姫様と見てよいな」

信一郎が首肯した。

家斉の正室茂姫は、本名寔子《ただこ》といい、薩摩藩主島津重豪《しげひで》の娘であり、母は重豪の側室お登勢の方であった。

十五歳で将軍職を継ぐことになった家斉は、天明六年（一七八六）九月八日に江戸城本丸に入った。時を同じくして寔子も江戸城本丸に移り住んだ。

西国の雄藩薩摩島津家にとって徳川幕府との関わりは常に微妙なものを含んでいた。強国薩摩だけになにかがあればすぐに、

「薩摩謀反《むほん》」

を疑われた。ために薩摩は国境の警護を強固にして、公儀の密偵を厳しく取り締まり阻止してきた。同時に禁じられた海外交易、つまり抜け荷を通じて海外の物産を輸入し、強力な武力を保持してきた。

この抜け荷は慶長十四年（一六〇九）に琉球を討伐して藩領に組み入れたことに動因があったといえる。琉球の貢租《こうそ》と貢進交易の利によって、薩摩は軍事大国を維持してきていた。

ために薩摩は常に徳川幕府の厳しい監視下にあったともいえる。

八代目薩摩藩主の重豪はこの幕府との緊張関係を打破するために第三女の茂姫を将軍家斉に嫁がせ、自らは将軍の岳父におさまった。

この茂姫が家斉の正室候補として擬された時期は田沼意次《おきつぐ》の全盛期と重なる。

重豪が家斉正室工作に田沼意次の手を借りなかったわけがない。なぜならば重豪は、一橋家に娘を送り込んだが、一橋家の家老は意次の実弟田沼意誠《おきのぶ》であったのだ。

さらに重豪の工作は続く。

将軍家の正室は京都御所や公卿《くげ》から迎えるしきたりを考えて、寔子を右大臣近衛経熙《つねひろ》の養女に仕立てて、ついに家斉の正室の地位を得たのだ。

重豪の有頂天が見えるようではないか。

寔子は芝三田の薩摩上屋敷に安永二年（一七七三）六月二十一日に生まれて、

家斉との間に寛政八年（一七九六）三月十九日に家斉の第七子となる四男の敦之進を出産し、寛政十年には懐妊した子を流産していた。そして、さらに悲劇が襲う。三歳になる敦之進をも次子を流産した翌年に亡《な》くしていた。

「影様本郷丹後守康秀はなんと薩摩の出である寔子様と手を結ばれたということか」

と光蔵が自分の迷いを質《ただ》すように呟《つぶや》いた。そして、

「ここで結論を口にしまい」

と言い、

「サツマは薩摩でよいな」

「間違いございますまい」

と信一郎が言い、おりんが小さく頷いた。

「最後の言葉、ヨーニンじゃが、薩摩島津家江戸藩邸の用人ということでよかろうか」

「あるいは国表の薩摩から江戸に出てきた用人とも考えられます。ですが、とりあえずは大番頭さんが申されるように薩摩江戸屋敷の用人とみてようござい

ましょう。即刻、われらは薩摩屋敷を監視する態勢に入らねばなりますまい」

信一郎の言葉に光蔵が首肯した。

「大番頭さん、その前に質さねばならないことがございます」

「なにか、おりん」

「影様の背後に控えておられるのは、茂姫様こと寔子様と考えてようございますか。あるいは寔子様の父の重豪様」

「われらはこれまでの経緯から、つい老中など幕閣内に影様の後見役を探ってきましたがな、まさか本郷丹後守康秀が将軍家の正室あるいは西国の雄藩外様大名に接近していたとは思いもかけないことでした。私もおりんのいうように寔子様の考えというより父の重豪様の企てかと思うがどうか」

「大番頭さん、まだ決めつけるのは早うございましょう」

「これだけ証拠が揃《そろ》ってもそう申すか、信一郎」

「なぜ江戸を離れて日光で薩摩島津家の用人と会うのか、未《いま》だ薩摩が御側衆《おそばしゅう》本郷康秀と密なる提携をしたわけではないとは見てとれませんか。日光代参に事寄せて、江戸を遠く離れ、神君家康様の墓所で薩摩と会談するなど、だれが考えましょう。そのことを考えて日光東照宮での会談が行われるとしたら、さらなる提携に合わせての話し合いか、あるいはわれらが思いもつかぬ別の企てを話し合うためか」

「信一郎、ただ今はすべてが推測にしか過ぎぬ」

「いかにもさようです、大番頭さん。問題は薩摩が御側衆本郷康秀を影様と承知で接近しておるかどうかです」

「それもまた確たる証拠がない以上、論議を重ねても致し方なかろう」

「大番頭さん、信一郎さん、御側衆本郷様は徳川幕府の安泰に尽くすはずの影様にございます。影様の身分を薩摩に明かそうと明かすまいと薩摩と組むこと自体がすでに明らかな裏切りにございます」

とおりんが指摘した。

「いかにもさようでした」

光蔵がいい、沈黙がまた支配した。長い沈黙だった。

「家斉様の正室寔子様と影様の本郷康秀がどのような関わりがあるか、大奥のことゆえわれら鳶沢一族も手が出せぬ。最前信一郎が言ったように薩摩屋敷に見張りをおく。いや、この戦いが長期的になることが考えられる以上、薩摩屋敷に気取られぬような人物を入れる要があるが、今すぐには難しかろう」

「薩摩はどこの大名家よりも警戒が厳しい屋敷にございます。われらもそれなりの仕度をして、潜り込ませる要がありますな」

「いかにもすぐには動けぬな」

と光蔵と信一郎が言い合い、

「今、われらにできることは日光の総兵衛様にわれらの話を急ぎ届け、代参に事寄せた御側衆本郷康秀が影様の身分で薩摩の用人と面談をなすかどうかを探ることじゃぞ」

と光蔵が話を先に進めた。

「早走りの田之助にはすでに出立の仕度をさせてございます」

「よし」

「大番頭さん、総兵衛様への使いは田之助一人でようございますか」

信一郎の言外には、影様本郷丹後守康秀暗殺の思いが込められており、始末するためには手勢が少ないと言っていた。

「信一郎、影様は役目を大きく踏み外された」

「なぜでございましょう」

光蔵は信一郎の問いに返答はせず、矛先を変えた言葉に反応したのはおりんだった。

「これもまた推論にしか過ぎませぬ。ですが、これまでの経緯を考えると、本郷康秀は一御側衆から側用人への出世を考えておられるのではありますまいか。そのためには七千石の旗本から一万石以上の大名に出世する要がある。そこで寔子様を籠絡《ろうらく》して、薩摩の助けを得たいと考えられた。同時に影様と一対のわれら、鳶沢一族の組織と商いを乗っ取ることを企てておられるのではないか」

と信一郎が応《こた》えた。

「それもまた推測です。されど影様がその授けられた影御用の枠を超えて薩摩と手を組む以上、始末するしか手はないと思える」

「大番頭さん、それをお決めになるのは総兵衛勝臣様ご一人《いちにん》にございます」

「ゆえに信一郎、そなたも日光に走ると言うか」

と話を元に戻した。

「いけませぬか」

光蔵が瞑目《めいもく》して思案した。しばしの間のあと、

「信一郎、おりん、総兵衛様が連れを百蔵と天松二人に決めなされたときから、先々なにか起こってもこの三人で行動するという強い決意があってのことかと思われる。われら、富沢町から鳶沢一族を日光に派遣することはできぬことではあるまい。じゃが、ここは総兵衛様のお考えを大事にして、その決断を江戸から見守りませぬか」

「私は大番頭さんの考えに与《くみ》します。十代目総兵衛様なれば必ずやし遂げられます」

とおりんが即座に賛意を示した。

「後見、総兵衛様に不安をお持ちか」

「いえ、そういうわけでは決してございません。なぜ総兵衛様の日光行きに鳶沢の幹部を一人付けなかったか、そのことを後見の私は悔いておるだけにございます」

「総兵衛様はそのことも分かっていて、百蔵と天松を供に旅に出られたとは思

わぬか、信一郎」

光蔵の念押しに信一郎が頷《うなず》き、おりんが言葉を継いだ。

「ただ今総兵衛様の従者は三人に増えました。ちゅう吉さんという強い味方が加わられました」

「おりんさん、そうでしたな」

と信一郎がようやく得心して、

「私が総兵衛様に宛《あ》てて書状を書いてようございますか」

と光蔵に願った。

「願おう。早走りの田之助を千住宿まで早船で送らせ、宿から行けるところまで早駕籠《はやかご》を仕度させ、あとは田之助の足に任せましょうぞ。私が仕度をさせます」

と光蔵がいい、富沢町が動き出した。

半刻《はんとき》（一時間）後、旅仕度の田之助が坊主《ぼうず》の権造らが漕《こ》ぐ早船で千住に向かった。そして、四人で担《かつ》ぎ、一人の交替がつく五丁駕籠の仕度が宿場で整っていた。

ともあれ　田之助の前に三十六里（約一四四キロ）の道が立ち塞《ふさ》がっていた。

田之助が富沢町を出立して一刻後、総兵衛は日光東照宮の表参道に独り佇《たたず》んでいた。

そして、徳川幕府を江戸に開いた初代家康が自らの遺骸《いがい》を永久に葬《ほうむ》る霊廟《れいびょう》をなぜ日光に置いたかを考えていた。

江戸を発《た》つ前に後見の信一郎にこのことを尋ねたことがあった。すると信一郎が、

「そのことには諸説ございます。一つ有力な説にかようなものがございます。わが国に強い影響を持った古代中国の易書『五行大義』に『北方至陰は宗廟祭《さい》祀《し》の象たり』という考えがありましたそうな。神と鬼とに分離した死者の魂が一つになるのが北方であると考えられました。この五行説にもとづく北辰《ほくしん》（北極星）への信仰がわが国にはございます。日光の霊廟が江戸城の真北に位置するのもこの考えにもとづいてのことというのです。さらにわれらが故郷の鳶沢村の久能山には日光に移される前、家康様の遺骸が埋葬されましたな、この久

能山東照宮の楼門、拝殿、本殿をむすぶ線が北北東を差し、その延長線に日光があるとも言われております」

「後見、家康様を崇拝する証《あかし》の一つが各地にある東照宮だな、そのすべてが日光に向けて拝殿などを建築されておるか」

「そこが北辰信仰とばかり言い切れぬところにございましてな」

と信一郎が首を傾《かし》げた。

「たとえば家康様の死後にその生誕の地、三河国岡崎に東照宮が建てられることが許されました。この岡崎の東照宮は、久能山東照宮の真西に位置しております」

「北辰信仰と異なるではないか」

「はい。浄土がどこにあるのか、わが国では阿弥陀《あみだ》様を始め、仏が住む浄土は西方にありと信じられております。このように北辰信仰や浄土思想が混在した上で、久能山に仮埋葬されていた家康様の遺骸は江戸から真北、久能山の楼門、拝殿、本殿を結ぶ線上の日光に移されました」

「だが、それが定説ということではない」

「ございません」

と言い切った信一郎が、

「はっきりとしていることは駿府城にて亡くなられた家康様に久能山まで従ったのはわが先祖の鳶沢一族、そして、久能山から日光への移送の折も鳶沢一族が従ったことにございます」

と言い足したのだ。

百八十六年前、元和三年（一六一七）四月八日、家康の亡骸《なきがら》に従った鳶沢一族のことを総兵衛勝臣は黙然と考えていた。

二

ふいに総兵衛の視界に杉木立の陰から人影が一つ姿を見せた。

天松だ。

玉砂利の上を音も立てずに総兵衛の下に走り寄ってきた天松は、

「薩摩っぽの二人、薩摩藩江戸屋敷用人重富文五郎の随行の侍にございました」

と報告した。

「ご苦労だったな」

と天松を労《ねぎら》った総兵衛は、

「ヨーニンとは薩摩藩の重臣であったか」

と天松に応じていた。

この夕暮れ前、陽明門の前で薩摩人らしい武家二人を見つけた天松は、躊躇《ちゅうちょ》なくちゅう吉と一緒に二人のあとを尾行した。

二人は鉢石宿に入っていった。その時点でちゅう吉を総兵衛のもとへ報告に行かせた。ちゅう吉は総兵衛に新たな事態を告げると、

「総兵衛様よ、あの二人は歌児が言ってきたサツマと関わりがあるかね」

と聞いたものだ。

「日光東照宮には大名諸家の家来衆も大勢参詣《さんけい》に訪れるそうな。薩摩藩の家来が日光見物に来ても不思議はない。なんともいえぬな」

「おれ、どうしたものかね、兄いのところに戻ろうか」

「二人がどこに投宿しておるかちゅう吉さんは知らないのであろう」

「鉢石宿なんて江戸に比べたら小さいや、探せば分る」

「そろそろ夕餉《ゆうげ》の刻限、百蔵も戻ってこよう。夜は長い、天松の見張りが長くなるようなれば、百蔵と交替してもらう。となれば、われらはいろは屋に神輿《みこし》を据えて吉報を待ったほうがよい。私の勘は、物事が動くのは明日と告げている。休めるときに体を休めておくのも、ちゅう吉さん、大事なことだ」

と総兵衛が答えたものだ。

総兵衛のご託宣どおりに間もなく百蔵が戻ってきて、

「東照宮境内を外から歩いて輪王寺にいちばん近い忍び込みの場所のあてをつけたくらいで、総兵衛様よ、無理には忍び込んでおりませんぞ」

「それで結構、今は無理をする時ではない」

と答えた総兵衛は天松の行動を告げた。そこへ女衆《おなごし》が、

「大黒屋さんよ、湯に入らんかね」

と知らせにきた。

「天松には悪いが湯に入ろうか」

総兵衛の判断でまず総兵衛とちゅう吉が湯に入った。

「おれ、大黒屋と知り合って湯の気持ちよさを知ったぜ」

ふっふっふ、と笑った総兵衛が、

「私もそうだ」

と応じた。

交趾ツロンには水浴の習慣はあっても湯浴《ゆあ》みはなかった。江戸に来て総兵衛も湯の醍醐味《だいごみ》を知った人間だった。

「ちゅう吉さん、背中を貸しなさい」

「ふあい」

と生返事したちゅう吉は、大黒屋の主《あるじ》に体を洗われながら、こくりこくりと居眠りを始めた。

初めて江戸から独り旅をしてきたのだ。緊張の道中のあと、天松らに再会して安心したのだろう。

「ちゅう吉さん、夕餉を食べずに床に入るか」

思わずその言葉に両目を見開いたちゅう吉が、

「じょ、冗談はよしとくれ、腹を空《す》かせて眠れるものか」

と答えた。

だが、半分居眠りをして意識朦朧《もうろう》の返答だった。それでもちゅう吉はなんとか湯を使い、総兵衛に手を引かれて部屋に戻ると天松の姿があった。だが、ちゅう吉はとろりとした視線で天松を眺めただけだ。

「総兵衛様、薩摩は鉢石の西側の山際《やまぎわ》に薩摩屋敷を持っているんですよ。そんなわけで薩摩っぽが芋を洗うようにいて、屋敷にはなかなか近付けませんでした。夕餉の膳《ぜん》に酒が出るようなので、座が乱れた時分にもう一度戻ります」

「それはよい判断だ。ならば百蔵の父つぁんと湯に浸《つ》かってきなさい。ちゅう吉さんは、ほれ、このとおり半分夢の中だ。早く夕餉を食べさせないと、本式に眠り込みそうだぞ」

と総兵衛が笑った。そこで百蔵と天松が急いで湯を使い、さっぱりして座敷に戻ると総兵衛が酒好きの百蔵に、

「酒を少しもらおうか」

と声をかけた。

「いや、総兵衛様、御用旅だ。酒はなしにするだ」

と遠慮したので、四人は酒なしで夕餉を食した。

もっとも天松もまだ小僧身分、ちゅう吉は子供でまだ酒を嗜む齢《とし》ではない。箸《はし》を持ちながらちゅう吉は舟を漕いでいたが、それでも膳のものはちゃんと食べて、その場に崩れるように倒れ込んだ。そのちゅう吉を寝床に運んだのは天松だ。そして、天松が見張りに戻るというので総兵衛も腰に三池典太《みいけでんた》を、手に菅笠《すげがさ》を持って、

「私も東照宮を眺めておこう」

と天松に同道し、いろは屋を出てきたのだ。

二人は日光道中で別れ、天松は鉢石の薩摩屋敷に向かって消えた。それが半刻前のことだった。

総兵衛は最初東照宮の広い境内を外から眺めていたが、ふと思いついて動いた。森閑とした静寂の中、霧降の滝に向かうという道脇《みちわき》から石垣を乗り越えて境内に侵入したのだ。

そのとき、侵入口に、道中被《かぶ》ってきた菅笠を枝にぶら下げておいた。天松に

こちらの行動を伝えるためだ。

四半刻《しはんとき》（三十分）後、総兵衛の姿は東照宮境内の暗がりにあった。

雲間から薄青い月明かりが差した。そのおぼろな明かりに照らされた石垣に溶け込むように佇む総兵衛の傍らに天松がふわりと現れ、復命した。

「総兵衛様、薩摩っぽ二十数人が随行してきた用人は、やはり江戸藩邸の重鎮の一人重富文五郎だそうです。この者が御側衆《おそばしゅう》本郷康秀と会談を持つ人物と考えてようございましょう。すでに重富と数人の従者は東照宮境内に入っている様子で、薩摩屋敷に残った芋侍め、酒をしたたか酔い食らって、もっと焼酎《しょうちゅう》はないかなどと喚《わめ》いております」

「薩摩方は酒好きか」

「西国の人間は酒の何倍も強い焼酎なるものを好むそうです。あやつら、酒を水のごとく飲んで喚くように声高に喋《しゃべ》り合いますので聞き耳を立てる要もございません。ですが、さっぱり意味がとれません」

と天松が嘆いた。

「天松、歌児が命を張ってちゅう吉に伝えた三つの謎《なぞ》の言葉のうち、二つはなんとか解けたのだ。本日はよしとしようか」

と総兵衛が答えたとき、東照宮境内の静寂をかき乱す気配がした。

総兵衛と天松は心得て、石垣の上に林立する杉木立の暗がりに身を潜めた。

ざっざっざ
と本殿の方角から人影が数人姿を見せた。

「ほう、本郷丹後に従う老女のおすがですよ」

と天松が遠目を利《き》かせて言い当てた。

総兵衛もまたおすがを杉木立から零《こぼ》れる月明かりで確かめていた。

老女と二人の家来は疲れ切った足取りで参道を下ってきたが、その表情は不機嫌そのものだった。腹も減り、疲れもあってのことだろう。

「おすが様、本殿での代参の儀式の手順、覚えられましたか」

と一人の家来が老女に問うた。

「一度聞いたくらいではよう分からぬ。舎人男《とねりおとこ》め、なんとのう意地悪をしておるようじゃ。こちらは上様の代参本郷丹後守康秀様の随臣じゃぞ」

「それは仕方ございませぬよ」

「なにが仕方ない、主水《もんど》」

「殿はかげまを東照宮境内輪王寺に連れ込んでおられますからな。その上、明晩は奥宮」

「これ、その先を申すでない」

と老女のおすがが主水なる家来に険しい口調で注意し、

「明日の夜にはかげまの命はない」

と呟《つぶや》いた。

「われらもかげまに仕えるとは努々《ゆめゆめ》考えもしなかった」

「昼前の代参の儀と昼からの会見、そして、奥社での供犠《きょうぎ》と三つも大事が重なっておるでな、明日さえ乗り切ればもはや、本郷家は万々歳ですよ」

と老女の声が闇《やみ》を伝ってきて、総兵衛と天松の耳に届いた。

「驚きました」

と漏らす天松の腕を総兵衛が引っ張り、沈黙を強いた。

老女おすがら三人の前にふわりと一つの影が立ち塞《ふさ》がった。

「な、何者か」

「本郷丹後様随行の方々にござるな」

「い、いかにも、そ、そなたは何者か」

と老女がどうやら敵ではないと悟り、なんとか体面を保とうとした。

「吹上《ふきあげ》にございます」

吹上とは江戸城の大庭を差し、将軍家に直属する御庭番衆の異名だ。

「そなたらは陰供であったな」

「老女どの、われらが先乗りの野々沢兵庫と室田伊助はどちらにおりましょうや。そなたの主どのがおられる輪王寺でつなぎをつけようとしたが応じぬでな」

「待たれよ」

本郷康秀の家来の溝口主水が口を挟み、

「そのような者とわれらが会《お》うたことはない」

「なんですと。宇都宮でそちらに接触して打ち合わせ、本隊のわれらに命を伝える役を負って先行していたのでございますぞ」

「われらも宇都宮城下本陣の三枝家で一夜待ったがなんの連絡もなし、ついには日光に到着してしもうた。それでは役立たずではないか。江戸に戻ってどなた様かにどう言い訳なさるな」

とおすがが逆ねじを食わせた。

「真《まこと》のことにござろうか」

「念には及びません、吹上衆」

しばし四人の間に沈黙があった。

「われら、今宵《こよい》一夜で態勢を立て直さねばならぬようです。本郷様に明日は滞りなく陰供の役目、必ずや遂行するとお伝え願いたい」

というと老女おすがの前から吹上と名乗った御庭番衆が闇に紛れて姿を消した。

総兵衛の傍らに潜んでいた天松の気配も消えていた。

「忙しい夜になりそうな」

総兵衛は杉木立の闇を伝って陽明門へと少しずつ忍んでいった。考えを変えて、明日にあれこれと行われる本殿を覗《のぞ》いておこうと思ったからだ。

月明かりで総兵衛は日光で名高い陽明門を見ていた。

陽明門は三代将軍家光により寛永十三年（一六三六）に家康の霊廟《れいびょう》を守る門として完成した。白い胡粉《ごふん》の円柱上の飾りは金で覆《おお》われ、江戸初期の工芸技術の粋を集めた獅子《しし》や龍が華麗にも門上を飾っていた。

腰に三池典太光世の一剣を差し落とした総兵衛は門の横手の廻廊に、

ひょい

と飛び上がると陽明門の中に下りていた。

徳川幕府の祖、家康を祀《まつ》る本殿がひっそりとあった。

総兵衛は腰の葵典太を鞘《さや》ごと抜くと、本殿前に胡坐《あぐら》を組んで瞑想《めいそう》に入った。

「臨終候《さふら》はば、御身体をば久能山へ納め、御葬礼を増上寺にて申し付け、御位《ゐ》牌《はい》をば三河の大樹寺に立て、一周忌も過ぎ候て以後、日光山に小さき堂をたて、勧請《くわんじやう》し候へ、八州の鎮守に成《な》り為さるべし……」

元和二年（一六一六）四月二日、臨終の時を知った家康は、天台宗高僧南光坊天海、南禅寺金地院《こんちいん》の僧侶《そうりょ》の以心崇伝《いしんすうでん》、三河生まれの譜代大名本多正純を呼んでこう遺言したと伝えられる。

総兵衛は『鳶沢一族戦記』を熟読して、この文言を承知していた。

実際の家康の死は、四月十七日のことだ。

駿府城から久能山への道中にも、一年後の久能山から日光の霊廟への移送にも鳶沢戦士が家康の遺骸《いがい》を守って随行したのだ。

総兵衛は再び鳶沢一族の先祖の旅を思い描いていた。


（なんぞ迷いが生じたか）

総兵衛の胸の中に遠い地より呼びかける声が伝わってきた。

（迷いなどございましょうか。家康様の亡骸《なきがら》を護持したわが先祖の行動に思いを致しておったのでございます）

（総兵衛勝臣、わしには悩みを秘めておるように思えるが）

（……影様の一件は心にかかってはおります）

（世には面白きこともあるものよのう。かげま同道で代参に来おったものがおる）

（家康様、人の性癖は万別ゆえそれはそれで致し方なきこと。されど、影様が

代参のお役を利して、なんぞ企《たくら》んでおられるなれば総兵衛勝臣、覚悟を決めねばなりませぬ)

(影が謀反《むほん》か)

(いまだ確たる証拠はございませぬ)

しばし黄泉《よみ》の国からの声は途絶えた。

(どうしたものか)

(影様が影様たる御役を踏み外されたとき、始末するまでにございます)

(総兵衛勝臣、若いのう)

(おろかと申されますか)

(いや、その覇気を羨《うらや》ましゅう思うておるだけよ)

と呟くように言った声が、

(熟慮せよ。事が決まったなれば果断に動け)

(ははあ)

と総兵衛が承ったとき、声が消えた。

その刻限、早走りの田之助はひたすら日光道中を韋駄天《いだてん》走りに走っていた。

早走りの異名を持つ田之助だが、早走りは同時に長走りでなくてはならない。過日、江戸から駿府鳶沢村まで四十五里（約一八〇キロ）余を足掛け五日余で往復したことがあった。

こたびは三十六里（約一四四キロ）をできるだけ早く走り抜かねばならなかった。

田之助は半刻《はんとき》二里（一時間約八キロ）を目標にしてひたすら足を動かしていた。一刻ごとに短い休みをとり、塩を混ぜた水を補給した。

栗橋宿を過ぎると利根川の渡しが待ち受けていた。むろんもはや渡し船の刻限は終っていた。だが、日光道中にも大黒屋の網は張り巡らされており、渡し場から二丁（約二〇〇メートル）ほど上流の河原に船小屋があって、馴染《なじみ》の一家が長年大黒屋の無理な註文《ちゅうもん》にも応じてきたのだ。

田之助は利根川の河原に下りると茅《かや》の原に隠れた船小屋の前に走り込んだ。

「むく十の父《とっ》つぁん、江戸の大黒屋ですよ」

と弾む息で呼びかけると、むく十は眠っていた気配だったがすぐに起きてき

て、

「おや、田之助さんか、急ぎ仕事か」

「日光まで早駆けだ」

「船を仕度するまで少しでも寝ていなせえ」

というと、むく十が茅の原に隠した船の仕度にかかった。

田之助は船小屋の板の間に崩れ落ちると短い眠りに就いた。

総兵衛は、陽明門をひっそりと出ると仁王門の石段を下りて杉木立の表参道へと戻った。

玉砂利の坂道が緩やかに下っていた。

中ほどまで下りてきたとき、ふわりと表参道に差しかけた杉の大枝から影が飛んで地表に立った。

総兵衛の足が止まった。

長衣の姿に異国人の影を見た。

「柳沢吉保《よしやす》邸、六義園《りくぎえん》の闇祈禱《やみきとう》を司《つかさど》ってきた風水師李黒《りこく》かな」

「安南王朝のグェン・ヴァン・キよのう」

「その名は捨てた。鳶沢総兵衛勝臣がわが名」

「ツロンで長年威勢を張ってきたグェン家の公子が徳川幕府の下で影御用を務めるか」

「李黒師、そなたの一族とて柳沢吉保様の遺言を守り、代を重ねつつ、柳沢家に仕えてきたではないか。なんの不思議があろう」

「われら、そなたのせいで身を寄せる場を失《うしの》うた」

「御側衆《おそばしゅう》本郷丹後守康秀に柳沢家から鞍替《くらが》えしたのではなかったか」

「本郷康秀、仕えてはみたがいささか人物が違《ちご》うた」

「ほう、そなたの主《あるじ》に相応《ふさわ》しくはなかったか」

「総兵衛、決したか」

「決したとはどのようなことか」

「本郷康秀の始末」

「本郷様は始末されるべき人物か」

「ぬかせ」

と苛立《いらだ》ったように吐き捨てた李黒が、

「今宵はそなたに別れを告げに参った」

と李黒師が思いがけない言葉を洩《も》らした。

「別れとな、この国を去るというか」

「総兵衛、そなたらの企てを阻止するためにな」

「われらが企てとな」

「ガレオン型三檣《しょう》帆船イマサカ号と大黒丸の二艘《そう》体制交易、そなたらの思い通りにはさせぬ」

「ほう、風水師どのがまた妙なことに関心を持たれたものよ」

「その言葉、海の上までとっておけ」

と言い放った李黒は、
ふわり
と虚空《こくう》に舞い上がると最前飛び下りてきた杉の大木の枝に戻り、闇に溶け込むように姿を没した。

李黒の言葉をどう解すべきか、総兵衛はゆっくりとした歩みで参道を下っていった。

三

江戸富沢町大黒屋の仏間では大番頭の光蔵が夜どおし先祖の位牌に向かって読経《どきょう》を続けていた。このように光蔵が決心したとき、一番番頭の信一郎が諫《いさ》めようとおりんが他に気を逸《そ》らそうとしようと、なんの益もない。却《かえ》って光蔵は頑《かたく》なになってその行為を続けた。

むろん早走りの田之助がなんとしても無事に日光に辿《たど》りつき、信一郎が記した書状が事の起きる、あるいは終わる前に届けられることを祈願しての読経だった。

夜が明けた。

だが、仏間からの光蔵の声は続いていた。

信一郎はおりんに、

「大番頭さんは、田之助が日光に到着する予定の刻限まで仏間から出てこられることはありますまい」

「大番頭さんはこうと決めたら頑固にやり遂げられます。もはや手の施しようはございますまい」

とおりんが答え、二人は田之助の力走を信じて店に戻った。

この日、日光では将軍家斉の名代《みょうだい》御側衆本郷丹後守康秀が東照宮本殿に詣《もう》でた。

輪王寺宿坊を出立した本郷は直垂《ひたたれ》に威儀を正し、従者らもそれに準じて布衣《ほい》を着込んでいた。

将軍家が日光東照宮に参詣《さんけい》する場合、衣冠と決まっており、侍従以上は直垂、四位は狩衣《かりぎぬ》、五位以下の諸大夫《しょだいぶ》は大紋と定められていた。上野寛永寺、芝増上寺の将軍参詣もこれに準じた。

旗本本郷丹後守康秀は、家斉の代参である。そこで直垂と位を上げて着用が許されたと思われた。

輪王寺から少人数の一行ながら厳しい警護の中、東照宮本殿に向かった。

総兵衛らは参詣の人々に混じって遠くから本郷の代参を見送った。

こたびの本郷康秀の日光詣でが家斉の代参である以上、なんら鳶沢一族の総《そう》帥《すい》鳶沢総兵衛勝臣らが邪魔立てすることはない。ただじいっと日光詣でが終るのを待つしかない。

総兵衛に従っていたのはちゅう吉だけだ。そんな二人の傍らに天松がすうっと歩み寄り、

「輪王寺宿坊には老女のおすがら、女中衆に歌児が残っている気配がございます」

と報告した。

当然のことだ。

徳川幕府の祖神君家康の御廟《ごびょう》に詣でるに女衆《おんなしゅう》、かげまを同行していくほど本郷康秀も大胆ではなかった。

総兵衛らはただ代参の行事が済むのを境内でひたすら待ち続けた。

「歌児はどうなるんだ、総兵衛様、兄いよ」

とちゅう吉が不安を顔に漂わせて訊いた。

天松は黙って総兵衛を見た。

「ちゅう吉、昼間のうちは歌児に本郷様のお呼びはかかるまい。薩摩の用人重

富文五郎と密《ひそ》かな会談を終えたあとのことだ。それまでわれらは我慢して待つしかないのだ」

「おれが考えたんだけどよ、総兵衛様」

「どのようなことだ」

「輪王寺の宿坊には女ばかりだぜ。総兵衛様と天松兄いがこっそり忍んでいって歌児を連れ出すってのはどうだ」

「それはならぬ」

「なぜだ、総兵衛様」

総兵衛もちゅう吉の提言には一理あると思っていた。

だが、本郷丹後守康秀の魂胆を見抜くためには日光東照宮内での行動を最後の瞬間まで見届ける要があった。ゆえにそれ以前に歌児を救い出す行為は相手を警戒させることになり、許されなかった。

家斉の名代本郷康秀が代参の儀を終えた後、なにをなすか見届けなければならなかった。

「ちゅう吉、もうしばらくの辛抱だ、待つのだ。今はそれしかわれらにできることはない」

総兵衛がちゅう吉に諭すように言い聞かせ、ちゅう吉はそれに反論しかけたが天松の険しい顔に気付いて言葉を飲み込んだ。

本郷の代参は昼前に終わった。そこで一行はいったん輪王寺の宿坊へと戻り、東照宮境内から緊張の気配が薄れていった。

公《おおやけ》には本郷康秀は御役目を無事に果たしたことになり、即刻江戸帰着の道中が発進するはずだった。だが、東照宮境内に、

「代参御役本郷康秀様の発熱による一日滞在の延長」

の触れが流された。

この日の昼下がり、江戸でも日光でも何事もなく時が流れていこうとしていた。

大黒屋の店頭に日傘を差した娘が立った。匂《にお》い立つような若さと美貌《びぼう》の娘だったが、その美しさは王城の京で揉《も》まれたものであり、女として成熟したとい

う美しさではなかった。

「大番頭はん、近くまで母の使いで参じました。ほんで大黒屋さんに寄せてもらいましたんやけどお邪魔ではおへんか」

「坊城桜子様、なんの差し障《さわ》りがございましょうか」

一番番頭の信一郎がにこやかに答えた。

「おや、大番頭はんはお留守どすか」

桜子の眼差しが帳場格子《ごうし》にいった。

「大番頭に御用でございましたか」

いえ、と桜子が言い淀《よど》み、こんどは、

「総兵衛様は」

と尋ねた。

「桜子様、店先ではなんでございます。奥へお通り下さいまし」

と願った信一郎は自ら三和土《たたき》廊下を経て内玄関に案内した。

桜子は中庭に突き出た離れ屋から読経の声が洩れているのを気にかけた。

「信一郎はん、法事どしたか」

「いえ、いささかわけがございまして、光蔵は主総兵衛らの無事を祈って仏間に籠《こも》っておられるので」

「総兵衛様はなんぞ危難に遭われておられますのんか」

「いえ、そういうわけではございません。日光東照宮にお出《い》でです」

信一郎の答えに桜子が透けるように滑らかな肌の顔を傾《かし》げて考えていたが、

「わても総兵衛様の無事を祈って、大番頭はんと仏間に籠らせて頂きます」

というと廊下から仏間へと入っていった。

おりんが坊城桜子の到来の知らせに慌《あわ》てて母屋《おもや》から離れ屋に駆け付けてきたが、廊下に立ち竦《すく》む信一郎を見て足を止めた。

その耳に光蔵と一緒に読経する桜子の声が響いてきた。

この昼下り、輪王寺の宿坊に薩摩島津家の用人重富文五郎が、

「家斉様御名代の病気見舞い」

の名目で訪ね、二刻《ふたとき》（四時間）にわたり密談した。

百蔵も天松もなんとかして、本郷康秀と島津家用人の会談の内容を探ろうと

したが、輪王寺宿坊の周りを本郷の私兵ともいえる用心棒集団蛭川永之進一味と公儀御庭番衆が十重二十重に囲んでおり、接近することが叶《かな》わなかった。天松は、ちゅう吉を使いに立て何度も、

「輪王寺宿坊への潜入」

を願ってきたが、総兵衛は昼間の宿坊潜入を許さなかった。

総兵衛らにとって焦慮の刻が過ぎていく。

夕暮れに差し掛かったとき、鉢石宿の大黒屋定宿いろは屋に早走りの田之助が汗みどろで飛び込んできた。

それは即刻いろは屋に待機していた百蔵によって東照宮境内にいた総兵衛に伝えられ、総兵衛はその場に天松、ちゅう吉を残して百蔵と一緒に急ぎいろは屋に戻った。

田之助は一昼夜をかけて江戸から日光鉢石宿まで三十六里（約一四四キロ）を走破していた。船と早駕籠《はやかご》を一部利用したとはいえ、行程の大半を二本の足で走り通したのだ。

総兵衛がいろは屋の離れ屋の座敷に入ると、田之助は旅籠《はたご》の女衆が拵《こしら》えてくれた重湯を啜《すす》っていた。

「ご苦労だったな」

と労《ねぎら》う総兵衛に田之助が、

「まずは大番頭さん、一番番頭さんから託された書状を」

と油紙に包んであった書状を差し出した。

総兵衛は受け取ると書状を披《ひら》いて、後見信一郎が認《したた》めた文字を読み始めた。速読したのち、二度目は熟読した。しばらく手に書状を持ったまま、沈思したが、

「なんとシゲヒメとは、家斉様の正室寔子《ただこ》様であったか。ということはただ今日光東照宮に滞在中の薩摩島津家の江戸屋敷用人重富文五郎は、島津家のみならず家斉様正室寔子様の意を含んでの使者と考えるべきか、本郷康秀との会見はその上でのことと相なるか」

と自問するように呟《つぶや》いた。

「いかにもさよう心得ます」

江戸を発《た》つ前に事情を知らされていた田之助が答えた。

「寔子様の父御は島津重豪《しげひで》様にございます。この重豪様の強い願いで茂姫様は右大臣近衛経熙《つねひろ》様の養女になり、寛政元年(一七八九)二月四日、家斉様と婚姻の内祝いが整い、寔子様は晴れて御台所《みだいどころ》様になられたのでございます。このとき、寔子様は十六歳、すべて実父重豪様の思惑の上での家斉様との婚儀にございました」

田之助の言葉は後見信一郎の考えであった。

この言葉を聞きながら、安南でも徳川幕府でも若い男女が政略結婚に翻弄《ほんろう》されるのは珍しいことではないと、総兵衛は考えていた。

寔子が家斉の正室になった今、江戸から遠く離れた日光東照宮で、

「島津家江戸藩邸用人重富文五郎と御側衆にして影様本郷康秀」

が密談を持つこと自体に意味があった。

影様はその職分を超えて鳶沢一族が持つ力を奪おうとしていた。また薩摩島津家は六代目総兵衛以来の怨念《おんねん》を晴らさんと大黒屋すなわち鳶沢一族の滅亡を企て、幕閣の権力掌握を夢見る本郷康秀と手を握らんとしているのではないか。

これは鳶沢一族が看過できることではなかった。歌児がちゅう吉を通して知らせてきた、

「シゲヒメ、サツマ、ヨーニン」

の三つの言葉の最後の謎《なぞ》、シゲヒメが島津家の出にして家斉の正室寔子と分かった瞬間、薩摩の企て、鳶沢一族殲滅《せんめつ》の構図の一片が収まるところにぴたりと収まったと総兵衛は確信した。

「一番番頭さんがこう申されました。六代目総兵衛勝頼《かつより》様は、影の御役をないがしろにしてわが子に影の役を譲った老中土屋相模守《さがみのかみ》政直様の陰謀を封じこめ、影を譲られた嫡子《ちゃくし》の昭直を抹殺《まっさつ》なされましたと」

田之助の言葉に総兵衛は頷《うなず》いた。そのことは『鳶沢一族戦記』を熟読して承知していた。

鳶沢勝頼は分身たる影を始末した過去を持っていた。

「また信一郎さんはこたびがことはすべて十代目総兵衛勝臣様の決断次第、一族は栄えるも滅びるも総兵衛様と一緒と申されました」

「相分かった」

と総兵衛が答えた。

「百蔵、天松に輪王寺に近付き、歌児の身辺を見張れと告げよ」

と命じた。

「総兵衛様、薩摩の動きを気にしなくてようございますか」

「もはや会談は終わった。その内容は知らず、だが企ては明白なり。百蔵、放っておけ」

総兵衛は薩摩のことは軽々に片付く話ではないと考えた。今は影様始末に全力をあげるときだ。

百蔵が東照宮境内に急ぎ戻っていった。

「総兵衛様はどうなされますか」

と田之助が尋ねた。

「江戸に書状を認める。田之助、そなたは湯に浸《つ》かり、しばし休息せよ」

「江戸に戻るのでございますか」

いささか不満げな表情で総兵衛に尋ねたものだ。

「せっかく三十六里を日光へと馳《は》せ参じたのだ。少しはわれらを手伝うてもよかろう」

その言葉を聞いた田之助がにんまりと笑い、総兵衛が、

「戦いのためには体を休めることも大事だぞ」

と田之助に命じた。

田之助は一刻半（三時間）ほど仮眠した。

一方、東照宮の天松らからはなんの連絡も入らない。歌児は未《ま》だ輪王寺に留《とど》まっているということか。

総兵衛が田之助を伴い、いろは屋を出たのは五つ半（午後九時頃）の頃合いだ。

田之助は天松らの夕餉《ゆうげ》の握り飯を詰めた重箱と貧乏徳利《どっくり》を背負子《しょいこ》に入れて、総兵衛に従った。

百蔵、天松、ちゅう吉の三人は、輪王寺に近い御旅所《おたびしょ》の暗がりにいた。

「ちゅう吉さん、腹が減ったであろう」

総兵衛が言い、田之助が背負子から重箱と徳利に詰めた茶を出した。

「総兵衛様よ、おりゃ、なんだか歌児が気にかかってよ、もう殺されたんじゃねえかと思うんだか、そんなことないよな」

ちゅう吉がかげまの歌児のことを気にした。

「天松、歌児は輪王寺から出ておらぬな」

と総兵衛が天松に尋ねた。

「総兵衛様、その様子はございませんよ。ですが、本郷康秀は島津の用人一行が輪王寺を辞去したあと、老女を連れて奥宮に出かけたままだ戻ってきた様子はございません」

「ほう、この刻限、本郷康秀様は東照宮の奥宮におられるか」

としばし沈思した総兵衛が、

「怪しげな面々が出没するのは夜中と相場が決まっておろう。百蔵、天松、ちゅう吉さん、まずは腹ごしらえが先だ」

重箱が開けられ、三人が黙々と夕餉の握り飯を食べ始めた。それを見た田之助が、

「総兵衛様、何年か前に九代目のお供で日光詣《もう》でをして以来、東照宮にお参り

しておりません。輪王寺を見がてらちょいとうろついて参ります」

と言い残して姿を消した。

その田之助が御旅所に戻ってきたのは、四つ半（午後十一時頃）の刻限だった。

「総兵衛様、歌児は九つ（夜半零時頃）の刻限、奥宮に連れて行かれます。老女が輪王寺に戻ってきております」

「ほう、やはり動き出すのは夜半か。本郷康秀様はあちらでお待ちという寸法か」

「どうやらその気配でございますよ」

「よし、仕度をせよ」

天松が江戸から負ってきた背負子には弩《ど》が二張り入れられてあった。この弩を天松と百蔵が所持していくことにした。百蔵は弩を扱うのが初めてで、最前から天松に使い方を教えられていた。

「総兵衛様、ちゅう吉をどうしたものでございますか」

と天松が総兵衛にお伺いを立て、その言葉に、

「ひえっ」

とちゅう吉が奇声を発して、

「兄い、そりゃないぜ。おりゃ、歌児の命を守るのが本業なんだからな、菊也親方に約束したんだ。おれだけ、こんなところに残さないでおくれよ。ねえ、総兵衛様よ」

と願った。

「ちゅう吉さん、私どもと一緒に生死をともにすると言いなさるか」

「あたり前だよ。肝心なときに外されたんじゃ、なんのために日光くんだりまで遠出してきたんだか分からないよ」

「分かった。そなたの身を天松に預ける」

えっ、と驚いた天松がちゅう吉を見て、

「総兵衛様の命では致し方ない。だけど、おれの足手まといになるなよ」

と釘《くぎ》を刺した。

「合点承知の助だよ。湯島天神の床下が塒《ねぐら》の鼠《ねずみ》のちゅう吉様が役に立つということを兄いに教えてやるぜ」

懐《ふところ》に手を突っ込んで、お守りの菅公《かんこう》の折り紙人形があるのを確かめた。

総兵衛は、三池典太光世を手に菅笠《すげがさ》を被《かぶ》り、小袖《こそで》に裁っ付け袴《ばかま》を穿《は》き、ちゅう吉を除いた三人は鳶沢一族の忍びの黒装束だ。

「出陣じゃ」

総兵衛が静かに、だが、決然と言い切った言葉に、

「おう」

と三人の鳶沢一族の戦士とちゅう吉は応じ、御旅所を出ると杉木立の暗がりを伝い、東照宮奥宮へと向かった。

それとほぼ同時に長持ちに入れられた中村歌児を運ぶ本郷一派の一行も輪王寺を出て、総兵衛らの向かう奥宮へと、こちらは表参道の玉砂利を踏んで進んでいった。

四

日光東照宮陽明門の内側には唐門《からもん》があり、唐門の先の本社殿内は、ほぼ真北に向かって拝殿、石の間、本殿に分かれていた。

中村歌児を長持ちに入れた一行は唐門内には入らず、その手前で右に折れ、東側廻廊にある坂下門を潜《くぐ》って、一般の参拝客の目に触れることのない本殿北の杉木立の中にひっそりと離れて建つ奥宮へと急な階段を登って行った。

東照宮本殿には人の気配はなかった。だが、奥宮にはぼおっとした灯《とも》り、待ち受ける人がいることを想像させた。

長持ちを運んでいったのは、江戸から本郷丹後守康秀に随行してきた槍術《そうじゅつ》の名人大野丸一学と仲間六人だ。その七人が東照宮拝殿前に戻ってきて、警戒についた。

「長い一夜になりますか」

と若い岩舘継治が一学に尋ねた。

「さあてのう、本郷様が最後にかげまの体を楽しまれて、向後のことがうまく成就《じょうじゅ》するように歌児の血を神君家康様に捧《ささ》げられるそうな。せいぜい一刻《いっとき》（二時間）か一刻半ではないか」

朱塗りの大槍《おおやり》を小脇《こわき》に抱えた大野丸一学が答えた。

「かげまも十五を超えると面白味がないものですかな」

投げやりな語調で田宮流居合術を得意とする日坂元八郎が会話に加わった。

「われらも熟した女より娘の体にそそられるからのう、かげまもそのようなものかも知れぬ。ともかくこの役を終え、明日は宇都宮まで戻りつけば女郎屋を借り切ると蛭川様が約束なされた。まあ、かような機会がなければ東照宮本殿やら奥宮に立ち入ることはない。金をもろうて、深夜の奥宮参りなど一大見物じゃぞ。孫子の代まで自慢ができよう」

「大野丸様、孫に自慢する話より銭金のほうが大事にござる」

とぼそりと配下の一人が呟《つぶや》き、

「そういえば、あれほど恐れた大黒屋一統は姿を見せませぬな。世間の噂《うわさ》ほどではないのではありませぬか」

「さあてのう」

大野丸一学が答えたとき、奥宮から微《かす》かに歌児の甲高い悲鳴のような嬌声《きょうせい》が響いてきた。

「これからの一刻がつらい」

日坂が苦笑いしたとき、拝殿の暗がりに人の気配を感じた。

菅笠に裁っ付け袴、腰に一剣を差し落とした長身の影が静かに佇《たたず》んでいた。

いつからそこに潜んでいたか。

日坂は鯉口《こいぐち》を切るとするすると影へと進んだ。すると影もそれに呼応するように月明かりの下に出てきた。

「何奴《なにやつ》か」

誰何《すいか》する日坂に助勢するように大野丸一学らが戦いの陣形をとった。

「そなたらが待ち受ける者じゃ」

「大黒屋の主《あるじ》か」

「いかにも大黒屋総兵衛、またの名は鳶沢総兵衛勝臣」

「独りで東照宮内陣へと姿を見せるとは、なかなかの度胸じゃな」

と呟いた日坂が田宮流居合を捨てて、剣を抜くとこの流派独特の構え、

「此流《この》は一足一刀といふ事あり、太刀先を高く前に構へて、一足すべりにして敵の鼻先へと突あててよる也《なり》」

と説くかたちをとった。

総兵衛は動く気配がない。

一方日坂は十分に間合が整った。

大野丸一学らが日坂の後詰めに動こうとしたとき、拝殿の床下から、

「ちゅうちゅう」

と鼠の鳴声を真似《まね》る声がして、小さな影が姿を見せた。言わずと知れた湯島天神の床下が塒のちゅう吉だ。

「総兵衛様独りと思うてか」

「うむ」

ちゅう吉の出現と牽制《けんせい》の言葉に大野丸一学らが動きを止めた。するとちゅう吉が再び闇《やみ》に姿を没し、待ち受ける田之助とともに歌児の救出方に向かった。

その直後、日坂元八郎が踏み込みざまに上体を傾け、腰の三池典太光世の柄《つか》に手もかけない総兵衛の長身の首筋に必殺の打ち込みを見舞った。

十分な踏込みと素早い打ち込みに刃が鮮やかな弧を描き、総兵衛の首筋に吸い込まれたかに思えた。

次の瞬間、総兵衛がなんとも雅《みやび》な動きで迫りくる刃へと身を入れながら、くるり

とその身を回転させてみせた。

戦いを見守る大野丸一学らの眼には総兵衛の動きが実に緩やかな能楽師の舞を想起させた。

（やった）

とだれもが思ったとき、不思議な光景が展開された。

ゆるゆると動く総兵衛の顔に神秘の微笑《ほほえ》みが浮んだ。そして、ようやく柄に手が置かれて、抜き放たれた典太光世が月光をうけて蒼白《あおじろ》い刃に変わった。

日坂の打ち込みよりもはるかに遅れて、緩慢な動きと思えた典太光世の切っ先が日坂元八郎の喉元《のどもと》に吸い込まれるように消えた。

その間、日坂の必殺の打ち込みはまるで動きを止めたように虚空《こくう》に凍《い》て付いていた。

（なんということか）

本郷康秀に江戸から従ってきた随員の御目付衆三人のうち高嶺《たかね》左吉と榎木《えのき》寛《かん》三郎《ざぶろう》がこの日光東照宮での戦いを密《ひそ》かに見物していた。本来二十数人であるべき人数を三人に強引に減らされ、役目から外されたも同然の御目付衆は、それでも本郷の動きだけは注視していたのだ。
ぱあっ
と日坂の喉元から血飛沫《ちしぶき》が上がり、
うっ
という声を洩《も》らした相手が前のめりに崩れ落ちていった。
静かにもなんと凄《すさ》まじい後《ご》の先《せん》か。
「大黒屋の主、凄まじい剣を使いおるな」
「高嶺氏《うじ》、われら、戦わんでよかった」
と御目付衆が言い合った。
「おのれ」
大野丸一学が朱塗りの大槍を小脇から外して両手で扱《しご》いた。
その瞬間《とき》、槍の達人大野丸の意識は日坂を一瞬にして屠《ほふ》った総兵衛に集中していた。
ぴーん
と弦《つる》が虚空を切り裂いた音が唐門上に響いて、天松が射た短矢が弩《ど》を離れ闇を飛来して槍を構えた大野丸一学の眉間《みけん》に突き立った。

くねくね

と体をくねらした槍の達人が一気に崩れ落ちていった。

これもなんとも凄まじい殺戮《さつりく》だった。

御目付衆らは拝殿の隅で凍てついたように体を竦《すく》ませていた。

「何事か」

事態が分からぬ岩舘継治らが唐門の屋根を見たとき、天松に遅れた百蔵の弩から短矢が放たれ、胸への狙《ねら》いは外れたが、岩舘の太腿《ふともも》に突き立った。

あああっ、と悲鳴が上がった。

「敵には飛び道具があるぞ」

数瞬にして日坂、大野丸、岩舘と三人を倒された残党四人が慌《あわ》てて、その場から逃げ去ろうとした。その一人の背にすでに矢を番《つが》えた天松が狙いを定めたが、

「天松、真の敵は奥宮にあり」

と総兵衛が制した。

蛭川永之進は、奥宮拝殿前の階段に腰かけて大刀を立て、それに寄りかかるように額を鍔《つば》あたりに預けて、瞑目《めいもく》して時が過ぎるのを待っていた。

不意に敵が侵入した気配が伝わってきた。

額を鍔から離した蛭川は、本殿の屋根に遮られて見えぬ辺りを透視するように見詰めた。

（やはり現れおったか）

大黒屋総兵衛一統の気配は旅の間じゅう感じていた。

だが、一定の距離を保ったその気配は、蛭川らの警戒線を超えて侵入してくることはなかった。

日光東照宮で家斉名代《みょうだい》の大事な役目を果たした本郷丹後守康秀は、家斉の正室寔子とその実父重豪の意を受けた島津家江戸屋敷用人重富文五郎と、密かな話し合いを持った。

江戸富沢町の古着問屋惣代《そうだい》として莫大《ばくだい》な富を所有する大黒屋は、新たに巨大な帆船を異国との交易に従事させようとしていた。

その企ては、琉球を支配下におき、抜け荷で巨額の利を得てきた薩摩が黙視できないことであった。そればかりか、およそ百年も前、大黒屋と薩摩国島津家の十文字船団は、屋久島沖の太平洋上で海上権を巡って海戦を行い、完膚《かんぷ》なきまでの敗北を六代目総兵衛が乗る大黒丸一艘《そう》に喫していた。

以来、薩摩にとって大黒屋、鳶沢一族は不倶戴天《ふぐたいてん》の敵であったのだ。

島津家では長年かけて鳶沢一族の弱点を探り、鳶沢一族が行動を起こすとき、「影様」の命がなければ動けないことを知った。

島津重豪は家斉の正室たる自らの娘茂姫に命じて、影様がだれか探らせ、御側衆本郷丹後守康秀であることを把握した。

ここに薩摩と影様が同盟を結ぶ要素が生じ、両者の間で大黒屋の追い落としと鳶沢一族殲滅《せんめつ》が内約された。それが江戸を離れて日光東照宮での同盟成約の会談の意味であった。

蛭川永之進は薩摩と影様の密約を最初から知る人物であった。

ゆっくりと階段上に立ち上がると、背後の痴態にちらりと目を向けた。奥宮の御簾《みす》の中では今なお本郷康秀が裸のかげまを苛《さいな》んでいた。

神経を侵入者に戻すと大刀を腰に戻した。

本殿の向こうで虚空を裂く弦の音が響いた。

和弓の弦音ではないと蛭川は思った。

大黒屋総兵衛は配下の者を従えていたが、大勢ではない。わずか数人の手勢を連れただけで日光東照宮の本殿に入り込んできた総兵衛の大胆さに蛭川は感嘆した。

本殿の戦いは数瞬にして決したようであった。

奥宮から南に立つ大杉の太枝に影が立った。鉄砲とも弓とも付かぬ飛び道具を構えた影は天松だった。

大黒屋一味が勝ちを制したのだ。

「おのれ、異人めが」

島津家では十代目総兵衛には異人の血が混じっていることを摑《つか》んでいた。

蛭川は天松が弩を背に負い、太枝に鉤《かぎ》の手をかけてするすると奥宮の境内に下りてくるのを見ていた。

蛭川永之進の視界に今一つの影が入り込んだ。

奥宮の暗がりから長身が姿を現した。

「大黒屋総兵衛じゃな」

「いかにも総兵衛にござる」

「またの名は鳶沢総兵衛勝臣か」

「そこまで承知にござるか。ならばわれら一族が徳川護持のために働いてきたことを承知にござろうに」

総兵衛の口調はあくまで丁寧で雅にさえ聞こえた。

御目付衆二人も拝殿前から奥宮へと見物の場を移していた。

「盗人猛々《ぬすっとたけだけ》しいとはおぬしらのことよ。神君家康様の名のもとに抜け荷を行い、巨万の富を得ていよう」

「それもこれも徳川安泰のためにござる」

と総兵衛が言い切った。

蛭川が階《きざはし》を下りて、総兵衛と向き合った。

その時、新たな侵入者が東照宮奥宮に気配を見せた。御庭番衆だ。すると御

目付衆がすいっと動き、御庭番衆に立ちはだかり、

「この戦いに御庭番衆が加わってはならぬ」

と険しい声で宣告した。

両者が睨《にら》み合った。

蛭川永之進と総兵衛は二間（約三・六メートル）をおいて睨み合っていた。

「気楽流の業前《わざまえ》を見せて進ぜようか」

総兵衛が日坂元八郎を屠った三池典太光世をゆっくりと正眼においた。

「初代総兵衛成元《なるもと》が家康様より頂戴《ちょうだい》した葵《あおい》典太か」

「そのことを承知でわれらに戦いを挑むか」

二人の会話は御庭番衆に衝撃を与えた。所は日光東照宮、家康の意を含んで戦いの日々を送ってきた人物が伝説の一剣、

「葵典太」、
を翳《かざ》していた。

「相分かったな、そのほうら、江戸に去《い》ね」

と命じられた御庭番衆が東照宮奥宮から姿を消した。

気楽流は戸田越後守信正の戸田流を学んだ蛭川菊右衛門が、山名八幡宮の霊夢をうけて創始した流派だ。

永之進は菊右衛門の末裔《まつえい》だった。

蛭川も正眼を選んだ。

相正眼の構えで動きを止めた。

見守る御目付衆も息を潜めていた。

先に動いたのは総兵衛だった。

正眼の剣を静かに胸前に引き付けると、左手一本に保持して立てた。空になった右手は腹前の帯に携えてきた白扇を抜き、
ぱあっ
と広げた。

左手《ゆんで》に葵典太、右手《めて》に白扇の総兵衛が蛭川永之進の刃の前で優美にも舞い始めた。

「おのれ、気楽流を蔑《さげす》むか」

と蛭川が正眼の構えから眼前を舞い動く総兵衛に斬《き》りかけた。

白扇が翻《ひるがえ》った。

存分に踏み込んだはずの蛭川の刃が無益にも虚空をきった。

（な、なんと）

と驚きに一瞬動きを止めたとき、総兵衛の左手の葵典太が振るわれ、蛭川永之進の首筋を優美にも断ち切っていた。

一瞬の勝負だった。

驚愕《きょうがく》の顔が恐怖に変わり、蛭川永之進が崩れ落ちた。

その時、本郷康秀は、脇差《わきざし》を片手に膝《ひざ》に組み敷いた歌児に切っ先を突き付けていた。

「と、殿様。な、なんの真似《まね》を」

「大願成就《じょうじゅ》のためにそなたには死んでもらわねばならぬ」

と宣告した本郷康秀の形相が凶悪なものに変わっていた。

「お、お助けください、まだ死にたくないよ」

と歌児が泣き出した。

「諦《あきら》めよ」

脇差の切っ先が歌児の心臓《しんのぞう》に突き立てられようとしたとき、

「ちょいと勝手過ぎねえか、本郷の殿様よ」

とちゅう吉の声がして、歌児が、

「ち、ちゅう吉、た、助けてくれ。おれ、死にたくないよ」

と喚《わめ》いた。

「歌児、おめえもかげまだろ。この程度のことでおたおたするんじゃねえよ」

とちゅう吉が叫び、

「本郷康秀様よ、おめえの運もこれまでだ」

「歌児の朋輩《ほうばい》か」

「ああ、おりゃ、かげまの用心棒のよ、おこものちゅう吉様だ」

とうそぶいた。

「おのれ、こもかぶりめが」

脇差を歌児からちゅう吉に巡らせようとした本郷丹後守康秀の耳の近くで鈴の音が響いた。

影たる本郷康秀の水呼《すいこ》鈴《れい》が鳴ったのだ。ということは、と本郷康秀が辺りを見回した。

次の瞬間、神韻縹緲《しんいんひょうびょう》とした妙音に重なって弦音が響き、康秀の胸にいきなり短矢が突き立ち、矢《や》尻《じり》が背に抜けた。

家斉の御側衆として鳶沢一族の力を奪いとり、ゆくゆくは大名に昇進して御側用人を夢見た本郷康秀は一瞬にして命を絶たれた。

鳶沢一族がこの二百年のうちに行った二度目の、

「影殺し」

であった。

総兵衛が天松の持っていた弩を構えて、ゆっくりと奥宮の褥《しとね》に上がってきた。

その腰に火呼《ひこ》鈴《れい》が吊るされてみえた。

総兵衛は崩れ落ちた康秀の傍らに転がる水呼鈴を摑み、

(家康様、お目を穢《けが》しましたな。この水呼鈴、本殿にお返ししておきますぞ)

と冥府《めいふ》に向かって影始末の結末を告げた。

(幕府開闢《かいびゃく》から二百年も経《た》つと、妙な直参旗本が出てくるものよ)

と嘆く声が総兵衛の胸に響いた。

翌日の昼下がり、総兵衛一行を下野《しもつけ》と上野《こうずけ》の国境、標高六六三〇余尺（約二〇一〇メートル）の金精《こんせい》峠に見ることになる。連れは当初からの百蔵と天松に戻っていた。

「総兵衛様、ちゅう吉と歌児は今頃、宇都宮城下に差し掛かったころでしょうか」

と天松が訊《き》いた。

役目を果たした田之助に連れられて江戸に向かう二人を天松が案じた。

「さあてどうでしょうね」

と答えた総兵衛が菅笠《すげがさ》の縁を上げ、金精峠から奥日光の山並みを振り返り、

（交趾《こうち》とはいささか景色がちがう）

と美《うま》し国の夏景色に見惚《みと》れた。その総兵衛の脳裏を若い娘の面影が浮かんで占めた。

（桜子様に日光土産がなかったな）

物思いに耽《ふけ》る総兵衛に、

「総兵衛様、私たちはどちらに向かうのでございますか」

と天松が尋ねた。

「師匠の百蔵さんに連れられて機屋《はたや》や染め屋を訪ねて回り、勉強ですよ」

と答えた総兵衛の胸に、田之助の江戸帰着を受けて、深浦の船隠しを出帆するイマサカ号と大黒丸の雄姿が浮かんだ。この二人には、

「大黒屋交易船団と合流する」

ことをしばらく黙っていて独り楽しもうと考えた総兵衛は、

「さあ、参りましょうか」

と呼びかけ、噎《む》せかえるような新緑の金精峠を上野国へと下り始めた。

あとがき

「新・古着屋総兵衛」も第三巻を数えた。『日光代参』の初校手直しの最中、十六年八カ月苦楽をともにしてきた飼い犬ビダが膵炎《すいえん》特異的リパーゼから肺炎を併発して死んだ。

熱海《あたみ》から東京に車で移動し、後部座席で娘の腕に抱かれ天使のような顔で東京に辿《たど》りついた。その直後に吐き、ドライブの疲れかと一晩様子をみることにした。翌日、異常な吐き方を見て掛かり付けの二十四時間対応の動物病院に連れていった。

初めての若い女性の獣医さんがビダを診察し、「預からせて頂きたい」と即刻申し出た。

彼女はそのときすでに犬膵炎を疑っていた様子だった。入院点滴を受けながら検査の結果、膵炎と分かったがなにしろ年齢が年齢だ。四晩入院して献身的な治療を受けた後、私と女房の見守る前で亡《な》くなった。

現代小説を細々と書いていた主《あるじ》の不遇時代から時代小説に転じてなんとか世間に認められた(?)現在まで、まるでジェットコースターのような浮き沈みを私の傍らから見詰め続けてきた柴犬《しばいぬ》だった。犬馬鹿《ばか》を承知で書くならこちらの心情を常に窺《うかが》い、承知している賢い犬だった。年齢には不足はないというものの別れはつらい。しかし本格的なペットロスに見舞われるのはこれからだろう。

それにしても今年ほど災禍に世界が見舞われた年もないように思える。これほど先行きが見えない不安の時代があったろうか。それに耐えるためにひたすら自らがなすべきことをやっていくしかない。小説を書いているとその間だけは難儀の時代や辛《つら》い経験を忘れられる。

「新・古着屋総兵衛」第三巻『日光代参』でようやく十代目大黒屋《だいこくや》総兵衛《そうべえ》勝臣《かつおみ》の活躍が始まる。鳶沢《とびさわ》一族に琉球《りゅうきゅう》の池城《いけぐすく》一族、徳川幕府成立以前に海外に活躍の場を求めた今坂一族の末裔《まつえい》たる国際人の血が混じり合い、新しい物語が開幕した。

話題を変える。

最近、スウェーデンの作家ヘニング・マンケルの警察小説に嵌《は》まっている。この小説で描写される現代北欧社会は、私が三十余年前に愛読した同国人作家マイ・シューヴァル&ペール・ヴァールー作のマルティン・ベックシリーズとはまるで違うものだ。理想国家と讃美された北欧社会が移民問題を始めとする諸事情により大きく変質し、もがき苦しむ様子があぶり出されている。

世界はどこへ向かうのか。

七〇年代初めのストックホルムに皿洗いの仕事でひと夏を過ごし、秋口に中古のハッセルブラッドを宝物のように抱えてバルセロナに戻ってきた友の姿を思い出す。彼は今も故郷高知を拠点に美しい自然を撮り続け、国際的に高い評価を受けている。あのカメラはスウェーデンがもたらした最高の映像ツールだった。

北欧諸国は現代日本から見れば理想境だと私は考えてきた。だが、自由に人と物と情報が国境を往来できるようになって、マンケルが描く殺伐とした犯罪が頻発し、疲れ切った警察官や刑事たちの姿は国際化がもたらす病根をえぐり出している。

マンケルは言う。

「ノーベル文学賞は近い将来ミステリー小説から出てくるだろう」

読み物小説にも現代の暗黒面が浸透し、表現を深めるのか。それはスウェーデンが豊かな国家を目標に努力してきた結果、このような社会を招いたのか。むろん国際化によって受けた恩恵も大きく忘れてはならない。だが、テロ、麻薬、殺人と、私が知っていた北欧社会からは想像もつかない苦悩する現代スウェーデンがそこにある。

「新・古着屋総兵衛」の描く「江戸」が現代日本人が救済と安息を求めようとする理想国家であったはずもない。江戸にも悩み、苦しみ、絶望はあった。江戸時代に現代日本の先行き不安社会を解消するなにかを求め、時代小説が一部で熱心に読まれる背景があるように思える。それが江戸ブームの実態と思うのはうがち過ぎか、言い過ぎか。

私は時代小説を書き始めたとき、読者に、

「一時《いっとき》の逃避」を提供できる作品と狙《ねら》いを定めた。だが、この閉塞感がさらに亢進《こうしん》していく現状に時代小説を書く作家の一人としてなにを読者に提供すればよいのか、思い迷う。

せいぜい鳶沢、池城、今坂三族融和の結果、現代社会の閉鎖感を少しでも薄れさせる手伝いができればよいのだが……。

二〇一一年十二月八日　東京にて

佐伯泰英

本書は新潮文庫のために書き下ろされた。

佐伯泰英著
雄飛
古着屋総兵衛影始末 第七巻

大目付の息女の金沢への輿入れの道中、若年寄の差し向けた刺客軍団が一行を襲う。鳶沢一族は奮戦の末、次々傷つき倒れていく……。

佐伯泰英著
知略
古着屋総兵衛影始末 第八巻

甲賀衆を召し抱えた柳沢吉保の陰謀を阻止せんがため総兵衛は京に上る。一方、江戸ではるりが消えた。策略と謀略が交差する第八巻。

佐伯泰英著
難破
古着屋総兵衛影始末 第九巻

柳沢の手の者は南蛮の巨大海賊船を使嗾し、ついに琉球沖で、大黒丸との激しい砲撃戦が始まる。シリーズ最高潮、感慨悲慟の第九巻。

佐伯泰英著
交趾（こうち）
古着屋総兵衛影始末 第十巻

大黒屋への柳沢吉保の執拗な攻撃で美雪はある決断を下す。一方、再生した大黒丸は交趾を目指す。驚愕の新展開、不撓不屈の第十巻。

佐伯泰英著
帰還
古着屋総兵衛影始末 第十一巻

薩摩との死闘を経て、勇躍江戸帰還を果たした総兵衛は、いよいよ宿敵柳沢吉保との決戦に向かう――。感涙滂沱、破邪顕正の完結編。

佐伯泰英著
血に非ず
新・古着屋総兵衛 第一巻

享和二年、九代目総兵衛は死の床にあった。後継問題に難渋する大黒屋を一人の若者が訪ね来た。満を持して放つ新シリーズ第一巻。

佐伯泰英著

百年の呪い

新・古着屋総兵衛 第二巻

長年にわたる鳶沢一族の変事の数々。総兵衛は卜師を使って柳沢吉保の仕掛けた闇祈禱を看破、幾重もの呪いの包囲に立ち向かう……。

柴田錬三郎著

赤い影法師

寛永の御前試合の勝者に片端から勝負を挑み、風のように現れて風のように去っていく非情の忍者〝影〟。奇抜な空想で彩られた代表作。

柴田錬三郎著

剣鬼

剣聖たちの陰にひしめく無名の剣士たち――彼等が師を捨て、流派を捨て、人間の情愛をも捨てて求めた剣の奥義とその執念を描く。

柴田錬三郎著

眠狂四郎無頼控（一～六）

封建の世に、転びばてれんと武士の娘との間に生れ、不幸な運命を背負う混血児眠狂四郎。時代小説に新しいヒーローを生み出した傑作。

柴田錬三郎著

眠狂四郎独歩行（上・下）

幕府転覆をはかる風魔一族と、幕府方の隠密黒指党との対決――壮絶、凄惨な死闘の渦中にあって、ますます冴える無敵の円月殺法！

柴田錬三郎著

眠狂四郎 孤剣五十三次（上・下）

幕府に対する謀議探索の密命を帯びて、東海道を西に向かう眠狂四郎。五十三の宿駅に待つさまざまな刺客に対峙する秘剣円月殺法！

池波正太郎著

雲霧仁左衛門（前・後）

神出鬼没、変幻自在の怪盗・雲霧。政争渦巻く八代将軍・吉宗の時代、狙いをつけた金蔵をめざして、西へ東へ盗賊一味の影が走る。

池波正太郎著

忍びの旗

亡父の敵とは知らず、その娘を愛した甲賀忍者・上田源五郎。人間の熱い血と忍びの苛酷な使命とを溶け合わせた男の流転の生涯。

池波正太郎著

真田太平記（一～十二）

天下分け目の決戦を、父・弟と兄とが豊臣方と徳川方とに別れて戦った信州・真田家の波瀾にとんだ歴史をたどる大河小説。全12巻。

池波正太郎著

編笠十兵衛（上・下）

幕府の命を受け、諸大名監視の任にある月森十兵衛は、赤穂浪士の吉良邸討入りに加勢。公儀の歪みを正す熱血漢を描く忠臣蔵外伝。

池波正太郎著

秘伝の声（上・下）

師の臨終にあたって、秘伝書を土中に埋めることを命じられた二人の青年剣士の対照的な運命を描きつつ、著者最後の人生観を伝える。

池波正太郎著

堀部安兵衛（上・下）

因果に鍛えられ、運命に磨かれ、「高田の馬場の決闘」と「忠臣蔵」の二大事件を疾けた赤穂義士随一の名物男の、痛快無比な一代記。

藤沢周平著
用心棒日月抄
故あって人を斬り脱藩、刺客に追われながらの用心棒稼業。が、巷間を騒がす赤穂浪人の動きが又八郎の請負う仕事にも深い影を……。

藤沢周平著
孤剣
用心棒日月抄
お家の大事と密命を帯び、再び藩を出奔――用心棒稼業で身を養い、江戸の町を駆ける青江又八郎を次々襲う怪事件。シリーズ第二作。

藤沢周平著
刺客
用心棒日月抄
藩士の非違をさぐる陰の組織を抹殺するために放たれた刺客たちと対決する好漢青江又八郎。著者の代表作《用心棒シリーズ》第三作。

藤沢周平著
凶刃
用心棒日月抄
若かりし用心棒稼業の日々は今は遠い。青江又八郎の平穏な日常を破ったのは、密命を帯びての江戸出府下命だった。シリーズ第四作。

藤沢周平著
密謀（上・下）
天下分け目の関ケ原決戦に、三成と密約がありながら上杉勢が参戦しなかったのはなぜか？　歴史の謎を解明する話題の戦国ドラマ。

藤沢周平著
春秋山伏記
羽黒山からやって来た若き山伏と村人とのユーモラスでエロティックな交流――荘内地方に伝わる風習を小説化した異色の時代長編。

山本周五郎著
青べか物語
うらぶれた漁師町浦粕に住みついた〝私〟の眼を通して、独特の狡猾さ、愉快さ、質朴さをもつ住人たちの生活ぶりを巧みな筆で捉える。

山本周五郎著
赤ひげ診療譚
小石川養生所の〝赤ひげ〟と呼ばれる医師と、見習い医師との魂のふれ合いを中心に、貧しさと病苦の中でも逞しい江戸庶民の姿を描く。

山本周五郎著
さぶ
ぐずでお人好しのさぶ、一本な性格ゆえに不幸な境遇に落ちた栄二。二人の心温まる友情を描いて〝人間の真実とは何か〟を探る。

山本周五郎著
ながい坂（上・下）
下級武士の子に生れた小三郎の、人生という〝ながい坂〟を人間らしさを求めて、苦しみつつも着実に歩を進めていく厳しい姿を描く。

山本周五郎著
栄花物語
非難と悪罵を浴びながら、頑なまでに意志を貫いて政治改革に取り組んだ老中田沼意次父子を、時代の先覚者として描いた歴史長編。

山本周五郎著
山彦乙女
徳川の天下に武田家再興を図るみどう一族と武田家の遺産の謎にとりつかれた江戸の若侍。著者の郷里が舞台の、怪奇幻想の大ロマン。

吉村昭著

長英逃亡（上・下）

幕府の鎖国政策を批判して終身禁固となった当代一の蘭学者・高野長英は獄舎に放火させて脱獄。六年半にわたって全国を逃げのびる。

吉村昭著

ふぉん・しいほるとの娘
吉川英治文学賞受賞（上・下）

幕末の日本に最新の西洋医学を伝え神のごとく敬われたシーボルトと遊女・其扇の間に生まれたお稲の、波瀾の生涯を描く歴史大作。

吉村昭著

桜田門外ノ変（上・下）

幕政改革から倒幕へ――。尊王攘夷運動の一大転機となった井伊大老暗殺事件を、水戸薩摩両藩十八人の襲撃者の側から描く歴史大作。

吉村昭著

天狗争乱
大佛次郎賞受賞

幕末日本を震撼させた「天狗党の乱」。水戸尊攘派の挙兵から中山道中の行軍、そして越前での非情な末路までを克明に描いた雄編。

吉村昭著

生麦事件（上・下）

薩摩の大名行列に乱入した英国人が斬殺された――攘夷の潮流を変えた生麦事件を軸に激動の五年を圧倒的なダイナミズムで活写する。

吉村昭著

大黒屋光太夫（上・下）

鎖国日本からロシア北辺の地に漂着し、帝都ペテルブルグまで漂泊した光太夫の不屈の生涯。新史料も駆使した漂流記小説の金字塔。

日《にっ》光《こう》代《だい》参《さん》

新・古着屋総兵衛 第三巻

新潮文庫　さ－73－14

平成二十四年三月一日発行
平成二十四年三月十五日二刷

著者　佐《さ》伯《えき》泰《やす》英《ひで》
発行者　佐藤隆信
発行所　株式会社 新潮社
郵便番号　一六二―八七一一
東京都新宿区矢来町七一
電話　編集部(〇三)三二六六―五四四〇
読者係(〇三)三二六六―五一一一
http://www.shinchosha.co.jp

価格はカバーに表示してあります。

乱丁・落丁本は、ご面倒ですが小社読者係宛ご送付ください。送料小社負担にてお取替えいたします。

印刷・株式会社光邦　製本・株式会社植木製本所

ISBN978-4-10-138048-3 C0193